Mira Sol

Die drei !!!

Nacht der Elfen

KOSMOS bei CARLSEN

Außerdem in der Reihe Die drei !!! im Carlsen Verlag lieferbar:

Die drei !!! – Die Maske der Königin
Die drei !!! – Engel in Gefahr
Die drei !!! – Filmstar in Gefahr / Tanz der Hexen (Doppelband)
Die drei !!! – Gefahr im Reitstall
Die drei !!! – Herzklopfen
Die drei !!! – Heuler in Not
Die drei !!! – Jagd im Untergrund
Die drei !!! – Krimi-Dinner
Die drei !!! – Kuss-Alarm
Die drei !!! – Nixensommer / Flammen in der Nacht (Doppelband)
Die drei !!! – Skandal auf dem Laufsteg
Die drei !!! – Spuk am Himmel
Die drei !!! – Spuk am See, Vampire in der Nacht, Tanz der Herzen,
Beutejagd am Geistersee (4 Bände im Schuber)
Die drei !!! – VIP-Alarm

Wir produzieren nachhaltig

- Klimaneutrales Produkt
- Papiere aus nachhaltigen und kontrollierten Quellen
- Hergestellt in Europa

FSC www.fsc.org
MIX
Papier | Fördert gute Waldnutzung
FSC® C083411

Veröffentlicht im Carlsen Verlag
November 2022
Mit freundlicher Genehmigung des Franckh-Kosmos Verlages
Die drei !!! – Nacht der Elfen von Mira Sol

Umschlagbild: Anike Hage
Umschlaggestaltung: formlabor
ISBN 978-3-551-32092-6

Die drei !!!

Nacht der Elfen

Eine Übersicht über alle DIY-Anleitungen
und ein Glossar findest du ab Seite 190.

Nähparty mit Drachen

»Pass auf!«, rief Franzi. »Hinter dir!«
Marie zuckte zusammen. Sie spürte einen Luftzug im Nacken und wirbelte herum. Im nächsten Moment erklang ein spitzer Schrei, dann flog ein dunkler Schatten auf sie zu. Geistesgegenwärtig sprang Marie zur Seite.
Die Gestalt rauschte nur wenige Zentimeter entfernt vorbei. Für Sekundenbruchteile sah Marie in ein schmales Gesicht. Hellgrüne Augen blickten sie erschrocken an, rotblondes Haar flatterte vorbei.
Ein dumpfer Schmerz durchfuhr Marie, als sie mit der Schulter gegen den Rahmen der Eingangstür stieß. Der große Sack, den Marie gerade mit Kim und Franzi ins Jugendzentrum schleppte, rutschte ihr aus den Händen. Mit einem dumpfen Klatschen schlug er auf dem Boden auf. Der Schwung des Aufpralls riss ihren Freundinnen beinahe das andere Ende des Sacks weg. Franzi geriet ins Straucheln, fing sich aber schnell wieder. »He!«, rief sie aufgebracht.
Die Gestalt stolperte an ihnen vorbei. Weiter unten konnte sie ihren Schwung mit Mühe am Treppengeländer abbremsen. Marie sah, dass es ein vielleicht fünfzehnjähriges Mädchen war. Es stammelte: »S…sorry!«, und hob eine Hand. »Ich hab euch überhaupt nicht gesehen! Alles okay bei dir?«
Marie winkte ab. »Nichts passiert.« Sie rieb sich die Schulter. »Das gibt bloß einen blauen Fleck.«
»Es tut mir leid!« Das Mädchen zupfte nervös an seinen Arm-

bändchen. »Echt! Entschuldige bitte, aber ich hab's eilig.« Es stieß sich vom Geländer ab, sprang die letzten Stufen hinab und lief über den angrenzenden Spielplatz davon.
Franzi schüttelte den Kopf und sah Marie an. »Alles klar bei dir?«
»Ja!«, antwortete Marie. Sie hob den Sack auf. »Ich habe schon schlimmere Bodychecks erlebt.«
Kim grinste. »Eine Detektivin bringt eben nichts so schnell aus dem Takt.«
»Genau«, rief Marie. »Und jetzt rein mit dem Zeug.«
Franzi nickte, schob den Sack mit dem Knie weiter hoch und fasste nach. »Übrigens«, begann sie, während sie ihre Last durch den Eingang des Jugendzentrums bugsierten, »wir brauchen bald mal wieder einen neuen Fall! Der letzte ist mindestens zwei Monate her.« Sie grinste Kim und Marie an. »Wir kommen noch ganz aus der Übung!«
Marie nickte. »Es wird echt mal wieder Zeit.«
»Allerdings«, stimmte Kim ihr zu.
Marie überlegte: Wie viele Verbrechen hatten sie mit ihrem Detektivclub *Die drei !!!* schon aufgeklärt? Sie kam so schnell nicht auf die genaue Anzahl, aber es waren bestimmt weit über sechzig! Über sechzig Mal hatte sie jetzt schon mit ihren Freundinnen und Detektivkolleginnen gefährliche und spannende Ermittlungen geführt und dabei jeden einzelnen Täter dingfest gemacht. Das war wirklich der Wahnsinn!
»Hallo, SOS«, war plötzlich Franzis Stimme zu hören. »Welt an Verliebte: Können wir hier mal durch?«
Marie sah verwirrt nach vorn – und musste lächeln. Vor ihnen standen ein Mädchen und ein Junge mitten im Weg und küssten sich innig. Die beiden waren vielleicht 15 oder 16 Jahre alt.

»Wie süß«, flüsterte Kim. »Die kriegen ja gar nichts mit!« Sie sah Franzi fragend an. »Wir gehen einfach außen herum, oder?«

Im dem Moment öffnete das Mädchen die Augen und blinzelte Kim überrascht an. Es trat einen Schritt zurück und klopfte seinem Freund sanft auf die Schulter. »Da will jemand durch!«

Der Junge schüttelte den Kopf. »Nirgendwo hat man seine Ruhe!«, sagte er gespielt vorwurfsvoll. Er nahm die Hand seiner Freundin und sah die drei !!! belustigt an. »Was schleppt ihr da eigentlich durch die Gegend? Das sieht ja aus wie ein Sack mit einer Leiche drin.«

»Sehr witzig«, antwortete Marie trocken. »Darin sind Stoffreste!«

»Für die Nähparty heute Nachmittag«, ergänzte Kim.

»Echt?«, rief das Mädchen. »Cool! Wir sind auch angemeldet!«

Der Junge strubbelte sich durch seine kurzen, rotbraunen Haare. »Aber was wollt ihr denn mit so viel Material?« Er tippte auf den prall gefüllten Plastiksack. »Das reicht doch mindestens für ein Zirkuszelt!«

»Die Stoffe sind ja auch für alle Teilnehmer der Party!«, sagte Marie. »Das Kaufhaus *Pulitzer* hat sie gespendet.«

»Das ist ja super!«, rief das Mädchen begeistert. »Tim und ich sind oft dort und sehen uns die tollen Stoffe an.« Sie zuckte mit den Schultern. »Leider ist das meiste viel zu teuer für uns.«

»Näht ihr denn schon lange?«, wollte Kim wissen.

Das Mädchen strich sich eine Strähne seiner langen dunkelbraunen Haare aus der Stirn. »Ich bin erst seit einem halben Jahr dabei. Tim macht das schon länger. Zwei Jahre, oder?« Es sah seinen Freund an.

»Ja, fast zweieinhalb. Seit ich zu *Fantasy-Conventions* gehe und bei Kostümwettbewerben mitmache.«

»*Fantasy-Conventions?*«, wiederholten Kim und Franzi gleichzeitig und sahen fragend in die Runde.

»Ja!«, sagte Marie. »Kennt ihr das nicht?«

»Noch nie gehört«, murmelte Franzi.

»Das sind Treffen für Fans von Fantasyfilmen und -büchern. Viele laufen dabei in völlig verrückten Kostümen herum.« Marie grinste. »Ich hab mal eine Doku darüber gesehen. Die Leute verkleiden sich und versuchen, so gut wie möglich wie eine Figur aus einem Film oder einem Buch auszusehen. Zum Teil tragen sie wahnsinnig aufwendige Klamotten. Viele nähen die Sachen auch selbst.«

Tim nickte. »Genau das machen Joana und ich. Übrigens verkleiden sich nicht alle. Ein paar Leute kommen auch einfach so und sehen sich Filme an, kaufen Bücher, tauschen sich mit anderen Fans aus.«

»Aber *die*, die sich verkleiden, machen es richtig!«, warf Joana ein. »Es gibt richtig große Kostümwettbewerbe. Man kann sich allein oder in einer Gruppe anmelden und präsentiert seinen *Character*, also die Figur, die man darstellt, auf der Bühne. Die Leute, die am überzeugendsten rüberkommen, gewinnen einen Preis: Geld, Tickets für die nächste Convention, ein Shooting mit einem professionellen Fotografen oder so!«

»So ein Kostümwettbewerb ist ein echtes Highlight, auf das man monatelang hinfiebert«, ergänzte Tim. »Joana und ich sind in der gleichen Showgruppe. Wir sind zu zehnt und treffen uns regelmäßig, um uns neue Shows auszudenken oder zu proben. Und natürlich entwerfen wir die Kostüme zusammen.«

»Unsere neue Show heißt *Dancing with the Dragon*«, sagte Joana. Ihre Augen begannen zu leuchten. »Wir stellen dieses Mal Figuren aus einer Fantasygeschichte dar, die wir selbst erfunden haben. Es geht um ein Volk von Feen und Faunen, das im Kristall-Land lebt. Die Feen werden von einem mächtigen Magier bedroht, der sich in einen gefährlichen Drachen verwandelt hat. Die Macht des Drachens kann aber gebrochen werden, wenn genau sieben Feen und sieben Faune einen magischen Kreis bilden und um ihn herumtanzen. Weil sie das Tag und Nacht machen müssen, wechseln sich verschiedene Gruppen ab ...« Joana hielt plötzlich inne. »Wollt ihr das überhaupt so genau wissen?«, fragte sie grinsend. »Wenn ich einmal anfange, davon zu erzählen, kann ich gar nicht mehr aufhören.«

»Es klingt total spannend«, sagte Kim sofort. »Mich interessieren Geschichten immer!« Sie schaute auf ihre Uhr. »Aber vielleicht kannst du nachher bei der Nähparty weitererzählen. Wir müssten jetzt noch die Nähmaschinen und ein paar andere Sachen reinbringen.«

»Seid ihr etwa die Kursleiterinnen?« Joana riss die Augen auf. »Das ist ja der Hammer!«

Schnell schüttelte Marie den Kopf. »Nein, meine Stiefmutter veranstaltet den Workshop. Wir helfen ihr nur bei den Vorbereitungen.«

»Ach so.« Joana grinste. »Schade, ich dachte schon, wir hätten gerade drei Wunderkinder aus der Do-it-yourself-Szene kennengelernt!«

»Großer Irrtum«, sagte Franzi. »Also, was mich betrifft: Ich schaffe es kaum, einen Faden unfallfrei in eine Nadel einzufädeln.«

»Deshalb darfst du dir das ja auch heute von Tessa zeigen lassen«, sagte Marie grinsend. »Und jetzt sollten wir wirklich weitermachen. Tessa fragt sich bestimmt schon, wo wir bleiben!«
»Wir können euch helfen, dann geht es schneller«, schlug Joana vor.
»Klar!«, sagte Tim sofort.
Marie lächelte. »Das wäre super, danke!«
Franzi packte den Sack an und wuchtete ein Ende hoch. »Am besten bringen Kim und ich die Stoffe zu Tessa rein und ihr drei holt den Rest aus dem Auto, okay?«
Marie hob den Daumen. »Perfekt!«
Eine halbe Stunde später klatschte sich Tessa mit den drei !!!, Tim und Joana ab. »Vielen Dank!«, sagte sie und strahlte in die Runde. »Die Nähparty fängt schon mal gut an. Mit so vielen fleißigen Helfern!«
»War doch kein Ding«, sagte Tim. »Gern geschehen!«
Zufrieden betrachtete Marie den Raum, den sie eingerichtet hatten. Sie strich über einen der Stoffballen, die sie auf einem Tischchen aufgestapelt hatten. Die Farben und Muster leuchteten intensiv in der Nachmittagssonne, die durch die großen Fenster schien. Davor hatten sie acht Tische geschoben und die Nähmaschinen darauf platziert. In der Mitte des Raums befand sich eine große Arbeitsplatte auf zwei Metallböcken. Darauf standen dutzende von Kästchen und Körben mit Näh-Utensilien, bunten Knöpfen, Garnen, glänzenden Bändern und großen flauschigen Wollknäueln. Der Anblick machte richtig Lust, sofort etwas zu nähen, zu sticken oder zu stricken.
»Das sind alles Spenden, die ich von Geschäften und Privatleuten aus der Stadt für das Projekt erhalten habe«, sagte Tessa. »Großartig, oder?«

Marie nickte. Sie war sehr stolz darauf, dass ihre Stiefmutter das alles hier auf die Beine gestellt hatte. Tessa arbeitete eigentlich als Kamerafrau. Nebenher hatte sie aber immer schon gern Kleider entworfen und genäht. Über die Jahre war sie zu einem echten Nähprofi geworden. Vor einiger Zeit hatte sie sogar angefangen, selbst entworfene T-Shirts und Kinderbekleidung aus Bio-Baumwolle zu verkaufen. Die Shirts ihres Labels ›Think Nature!‹ verkauften sich richtig gut. Auch eine Mitarbeiterin des Jugendzentrums war ein großer Fan. Daher war sie auf die Idee gekommen, Tessa anzusprechen und sie zu fragen, ob sie Lust darauf habe, einen zweitägigen Handarbeits-Workshop im JUZ abzuhalten. Tessa war sofort Feuer und Flamme gewesen und hatte wochenlang Ideen und Spenden gesammelt.

Joana sah sich bewundernd um. »Das ist wirklich eine tolle Kreativ-Werkstatt geworden. Sie haben sogar eine Schneiderpuppe organisiert!«

»Ja!«, sagte Tessa begeistert. »Die hat mir eine Freundin geliehen, die ein Modeatelier betreibt. Wahrscheinlich kommen wir heute noch gar nicht dazu, Kleider zu nähen, aber ich fand, dass dieses Utensil sich in einer Schneiderwerkstatt einfach gut macht.«

»Ich glaube, Tim und ich können die Modellpuppe sehr gut brauchen!«, rief Joana. »Wir haben Kostüme mitgebracht, zu denen wir dringend noch ein paar Tipps brauchen.«

»Kostüme?«, fragte Tessa. »Spielt ihr Theater?«

»Nein«, erwiderte Joana. »Wir wollen dieses Wochenende an einem Kostümwettbewerb auf der *Fantasy-Convention* teilnehmen.«

»Verstehe!«, antwortete Tessa interessiert. »Und ihr habt

schon ganze Kostüme genäht? Dann seid ihr ja richtige Profis!«

Tim machte ein nachdenkliches Gesicht. »Wir haben mittlerweile schon ein paar Sachen drauf. Aber es gibt bestimmt tausend Tricks, die wir noch lernen können.«

»Das glaube ich auch«, sagte Joana.

Tessa lächelte. »Ich hoffe, ich kann euch helfen!« Sie sah auf ihre Armbanduhr. »In zwanzig Minuten geht es los. Mal sehen, ob alle kommen. Bei dem schönen Wetter lockt ja auch das Schwimmbad.«

»Wie viele Leute haben sich denn angemeldet?«, fragte Franzi.

Tessa sah auf eine Liste. »Elf. Neun Mädchen und zwei Jungen.«

»Joana und ich sind jedenfalls schon mal da«, sagte Tim und grinste. »Die anderen kommen bestimmt auch!«

Im nächsten Moment lugte ein schmaler, vielleicht zwölfjähriger Junge mit verstrubbelten schwarzen Haaren zur Tür herein. »Hi!«, sagte er leise und sah sich unsicher um.

»Hallo!«, rief Tessa. Sie legte die Liste auf ihren Schoß. »Nur hereinspaziert zu unserer Nähparty! Wie heißt du denn?«

Der Junge räusperte sich. Bevor er jedoch etwas sagen konnte, tauchten drei weitere Jungen hinter ihm auf. Marie schätzte sie auf zwölf bis dreizehn Jahre. Einer schlug ihm auf die Schulter. »Mensch, Selim!«, rief er. »Gut, dass du da bist, wir brauchen noch einen Mann zum Tischkickern!«

»Hey, Basti.« Selim grinste schief. »Was macht ihr denn hier? Ich dachte, ihr habt Fußballtraining?«

»Das ist ausgefallen«, sagte der andere Junge. »Jetzt wollen wir hier ein bisschen abhängen und kickern.«

Ein weiterer Junge schob sich nach vorn und sah sich skeptisch um. »Was soll das denn sein?« Er deutete zu der Schneiderpuppe und dann zu den Nähmaschinen. »Was ist das für ein Kram hier?«

»Das ist kein *Kram*«, stellte Tessa nüchtern fest. »Das ist das Material für unsere Nähparty.«

»Party?«, wiederholte einer der Jungen. »Ich lach mich tot. Wo ist denn das Bier?«

Tessa verdrehte die Augen. »Gibt es hier nicht. Dafür jede Menge Spaß beim Nähen! Ihr könnt es gern ausprobieren!«

Der Junge machte ein entsetztes Gesicht. »Das ist doch voll der Weiberkram.« Er schüttelte den Kopf. »Bei so was machen wir garantiert nicht mit!« Er zog Selim und die anderen beiden Jungs mit sich von der Tür weg.

Marie verschränkte die Arme vor der Brust. »Idioten!«

Tim grinste. »Lass sie doch, die haben ja keine Ahnung.«

»Entschuldigung?«, war plötzlich eine Stimme zu hören. Zwei dunkelhaarige Mädchen standen in der Tür. Sie sahen den Jungen verunsichert hinterher. »Findet hier die Nähparty statt?«, fragte das eine der Mädchen.

»Ja!«, antwortete Tessa. »Kommt doch herein!«

Die Mädchen schlenderten in den Raum und blickten sich neugierig um. »Das sieht wahnsinnig gut aus!«, sagte eine der beiden und stellte eine große Tasche auf dem Tisch ab. Sie sah Joana und Tim an. »Euch kenne ich doch irgendwoher!«

Joana nickte. »Von der letzten *FanCon*! Unsere Gruppe war direkt nach euch dran. Ihr seid Svea und Alexa, oder?«

»Ja, stimmt!«, sagte das Mädchen. »Jetzt erinnere ich mich wieder.« Sie strich über ihre Tasche. »Wollt ihr euch auch ein paar Tipps holen für eure Kostüme für die *Con* am Wochenende?«

»Mhm.« Joana nickte. »Ich hab Schwierigkeiten mit den Abnähern an meinem Oberteil.«
Das andere Mädchen zog einen Stuhl neben seine Freundin und setzte sich. »Dann können wir ja schon mal gegenseitig einen Blick auf unsere Kostüme werfen!«
Tessa lächelte unsicher. »Ich habe das Gefühl, dass sich hier lauter Nähprofis angemeldet haben. Da habe ich meine supereinfachen Schnitte für einen Shopper und Haarbänder ja völlig umsonst mitgebracht.«
»Bestimmt nicht!«, rief Marie. »Ich möchte unbedingt einen Shopper nähen!«
»Und ich ein Haarband!«, stimmte Kim zu.
»Und mir kannst du beibringen, wie man einen Faden einfädelt, ohne sich mit der Nadel zu erstechen.« Franzi verschränkte grinsend die Arme vor der Brust. »Wahrscheinlich bin ich da nicht die Einzige.«
Da hatte sie sich aber geirrt. In den nächsten Minuten erschienen die anderen Teilnehmer und es stellte sich schnell heraus, dass alle bereits Erfahrung im Nähen hatten. Zwar waren sie noch nicht so weit wie die vier *FanCon*-Teilnehmer, aber selbst die jüngste Teilnehmerin, die zehnjährige Ivy, hatte schon ein paarmal mit ihrer älteren Schwester Ava zusammen genäht. Die beiden hatten sogar ein selbst entworfenes Schnittmuster für eine Handytasche mitgebracht. Die anderen Teilnehmer entschieden sich entweder für das Haarband oder den Shopper. Tessa erklärte die einzelnen Schritte, zeigte die verschiedenen Stoffe und Verzierungen, dann legten alle voller Begeisterung los. Tim, Joana, Svea und Alexa packten unterdessen ihre Kostüme aus. Joana zog ihr Kleid auf die Schneiderpuppe auf.
Ivy quietschte laut auf. »Ist das schön!« Sie lief zu der Modell-

puppe und betrachtete ausgiebig den weiten langen Rock aus schillernder Seide, das schmale Oberteil und die leicht gebauschten Ärmel. Das gesamte Kostüm war mit zarten pastellfarbenen Blüten und mit Glitzersteinen bestickt, die im Sonnenlicht in allen Regenbogenfarben funkelten.

Svea und Alexa tauschten einen vielsagenden Blick.

»So etwas will ich auch machen!«, sagte Ivy.

Ihre Schwester klopfte ihr auf die Schulter. »In ein paar Jahren kannst du es ja mal versuchen!«

»Das ist gut geworden«, sagte Alexa leise. »Ich habe noch nie so etwas Schönes gesehen!«

»Hm«, machte ihre Freundin. Sie betrachtete das Kostüm nachdenklich.

»Danke!«, sagte Joana. »Es war auch unendlich viel Arbeit. Ich nähe seit fünf Wochen daran.« Sie strich über die Seiten des Oberteils. »Ich bin nur mit den Abnähern vorn unzufrieden. Der Halsausschnitt stellt sich immer so komisch nach vorne.«

Tessa trat an das Kleid heran. »Das ist ein echtes Meisterwerk!« Prüfend fuhr sie über die Seiten. »Ich glaube, man muss nur hier noch ein bisschen mehr raffen.« Joana kniff die Augen zusammen. »Stimmt, das könnte es sein.« Sie holte ein kleines Nadelkissen mit Stecknadeln aus ihrer Tasche und hielt es Tessa hin. »Können Sie mir bitte dabei helfen?«

Unter den interessierten Blicken von Svea und Alexa kümmerten sich Tessa und Joana um das Kleid.

Tim seufzte. »Das wird richtig gut. Jetzt brauchen wir nur noch einen Tipp für mich.«

Marie legte die Schere zur Seite und betrachtete die weite lange Hose und die kurzärmelige Weste, die der Junge vor sich auf dem Tisch ausgebreitet hatte. Beides war aus dem gleichen Stoff gefertigt wie Joanas Kostüm und ebenfalls mit Blumenranken und Glitzersteinen bestickt.

»Ich weiß ja nicht, wie es angezogen aussieht«, meinte Marie. »Aber so, wie die Teile daliegen, sehen sie perfekt aus!«

»Danke!« Tim trat einen Schritt zurück. »Die Sachen passen auch wie angegossen. Mein Problem ist, dass ich nicht weiß, wie ich die passende Kopfbedeckung gestalten soll.«

»Wie meinst du das?« Marie sah den Jungen fragend an.

»Meine Figur ist ein Regenbogen-Faun, der wahnsinnig lange Haare hat.« Tim holte tief Luft, bevor er weitersprach: »Der Faun war ein halbes Leben lang vom Drachen gefangen gehalten worden und hat sich die Haare nicht mehr geschnitten, weil ihm eine Fee gesagt hat, dass sich dadurch magische Kräfte in seinem Körper sammeln und er sich dann befreien kann.«

»Ah ja«, sagte Marie und sah etwas hilflos drein.

Tim grinste. »Klingt ziemlich bescheuert, ich weiß. Aber glaub mir: Wenn du die ganze Szene siehst, ist es vollkommen logisch! Ich stelle mir die Haare so ganz leicht verfilzt vor, wie Rastalocken oder so. Das sieht im Kontrast zu den Seidenklamotten bestimmt cool aus.«

Er fuhr sich durch sein kurzes Haar und seufzte. »Ich müsste eigentlich eine Perücke kaufen. Aber die mit langen Haaren sind total teuer. Deshalb dachte ich, dass ich einen zum Anzug passenden Turban nähen könnte und ein paar Strähnen annähe, die raushängen.«

»Das wäre eine Möglichkeit.« Marie sah nachdenklich über die Accessoires auf dem großen Tisch. Als ihr Blick auf den Stapel mit den Wollknäueln fiel, hatte sie plötzlich eine Idee. »Und wenn du dir gezwirbelte Zöpfe aus Wolle machst?« Sie schnappte sich drei Wollknäuel in Hellgrau, Blau und Türkis

und legte sie vor sich hin. »Wir haben früher mal Schnüre aus Wollfäden zusammengedreht. Die haben wir als Schlüsselband oder Armschmuck benutzt. Diese Twistschnüre könnten aussehen wie Rastazöpfchen.«
Tims Augen blitzten. »Stimmt! Ich weiß, was du meinst. Das probiere ich mal aus!«
»Ich helfe dir!«, sagte Marie. »Dann geht es schneller und du hast eine Mega-Faun-Perücke!«
»Danke!«, rief Tim.
Als sie bereits einen ganzen Haufen langer Wollstränge abgeschnitten und am Ende verknotet hatten, kam Franzi zu ihnen herüber.
»Was wird das denn?«, wollte sie wissen.
»Wirst du gleich sehen!«, antwortete Marie. Sie sah sich suchend um. »Gibt es hier irgendwo Klebeband? Ah, da!«
Als Marie das Ende der Wollfäden mit dem Tape am Tisch befestigte, fiel bei Franzi der Groschen. »Ihr macht Turbo-Twist-Schnüre!«
»Den Namen dafür kannte ich noch gar nicht«, sagte Marie lachend. »Aber er passt!«
Tim begann, drei dicke Wollfäden miteinander zu verzwirbeln.
»Wir haben immer mindestens fünf Fäden genommen«, sagte Franzi. »Dann wird die Schnur richtig dick!«
»Ja, aber ich finde es schöner, wenn die Zöpfchen eher fein sind. Ich kann sie ja immer noch zusammenflechten«, murmelte Tim.
»*Zöpfchen?*«, wiederholte Franzi und sah Tim irritiert an.
Bevor der Junge antworten konnte, schrillte ein unglaublich lautes Pfeifen los. Es drang in voller Lautstärke vom Flur her zu ihnen herein.

Ivy ließ vor Schreck einen Ballen mit Stoff fallen und sah ihre Schwester mit großen Augen an. Ava legte einen Arm um sie und blickte Tessa fragend an.
»Was ist denn jetzt los?«, rief Franzi.
Marie lief zur Tür. »Das ist ein Rauchmelder draußen im Flur!«
Ivy sah sich panisch um. »Feuer! Wir müssen raus!«

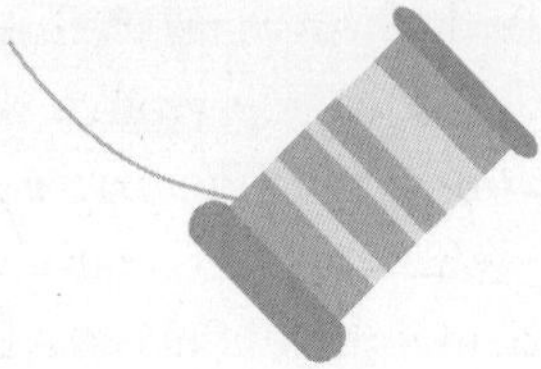

Turbo-Twist-Schnur

Eine bunte Kordel aus Wollfäden in deinen Lieblingsfarben, die wie geknüpft oder geflochten aussieht, aber viel schneller zu machen ist!

Es gibt unendlich viele Einsatzmöglichkeiten!

DU BRAUCHST …

- Wolle in verschiedenen Farben
- Schere
- gut haftendes Klebeband
- Nähnadel
- Nähgarn
- bunte (Zier-)Knöpfe

Basis-Twist

1 Schneide von zwei bis fünf verschiedenen Wollknäueln gleich lange Fäden ab. Du musst etwas mehr als das Doppelte der Länge nehmen, die deine fertige Schnur haben soll.

Knote die Fäden an einem Ende zusammen und befestige den Knoten mit Klebeband an einer Tischkante.

2 Jetzt nimmst du die Fäden am anderen Ende, ziehst sie straff und drehst sie dann gemeinsam in eine Richtung, sodass sich die Wollfäden fest miteinander verzwirbeln. Achte dabei darauf, dass die Fäden immer straff gespannt bleiben.

3 Lass nach einiger Zeit kurz locker und prüfe, ob sich die Fäden zusammenkringeln. Wenn sie das tun, kannst du mit einer Hand das untere Ende der gezwirbelten Schnur fassen und mit der anderen in die Mitte. Führe das Ende der Schnur zum angeklebten Knoten und halte dabei die Mitte weiter fest. Lass die Mitte dann los – die Wollschnüre zwirbeln sich zusammen!

4 Verknote die beiden Enden miteinander und streiche die Kordel aus, damit du eine gleichmäßige Twist-Schnur erhältst. Fertig ist der Basis-Twist!

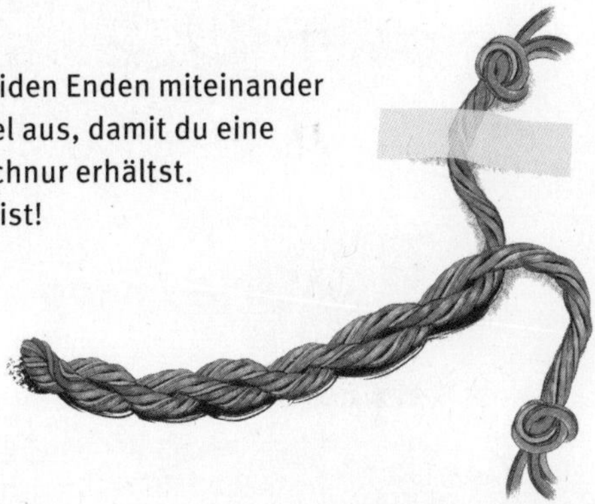

Double-Twist

Verdrehe zwei Basis-Twist-Schnüre nochmals miteinander. So erhältst eine dickere Twist-Schnur.

Freestyle-Twist

Du kannst drei oder mehr Basis-Twist-Schnüre auch zu einem Zopf flechten oder ineinander verknoten.

Dafür kannst du die Turbo-Twist-Schnüre verwenden:

Als Perücke: Mehrere fertige Zwirbelschnüre an einem Haargummi festknoten und dann am eigenen Haar befestigen oder an einem Haartuch festnähen. Fertig ist die Zöpfchenperücke!
Tipp: Das funktioniert am besten mit Filzwolle.

Außerdem lassen sich die Zwirbelkordeln als Armband, Schlüsselband, Gürtel, zum Aufnähen auf Taschen oder Shirts und zu noch vielem mehr verwenden!

Maries Tipp

Als Verschluss für ein Freundschaftsband kannst du einen schönen Knopf am Knotenende der Twist-Schnur festnähen. Dann brauchst du nur eine Schlaufe des anderen Endes über den Knopf zu ziehen und das Armband sitzt fest am Handgelenk!

Eine echte Katastrophe!

»Ganz ruhig!«, rief Tessa. »Bleibt bitte alle hier!« Sie lief zu Marie, die in der geöffneten Tür stand und in den Flur sah.
»Brennt es wirklich?«, fragte Tessa aufgeregt.
Marie blickte um sich. »Ich kann kein Feuer sehen!«
Das durchdringende Pfeifen war jedoch immer noch zu hören. Mehrere Jugendliche und Kinder, die sich in der Küche und in anderen Räumen des JUZ aufgehalten hatten, standen im Foyer und diskutierten lautstark.
Plötzlich sah Marie, dass Monika, eine der JUZ-Mitarbeiterinnen, über den Flur gelaufen kam. Sie blieb bei den Jungs am Tischkicker stehen. »Das ist ein Feueralarm!«, sagte sie. »Bewahrt bitte Ruhe und geht jetzt alle sofort raus. Wir treffen uns auf dem Spielplatz gegenüber.« Als sie bei Tessa angekommen war, nickte sie hektisch. »Mach die Fenster in eurem Raum zu und komm dann bitte mit deiner Gruppe nach draußen!«
Nachdem die Jugendlichen zum Ausgang gerannt waren, wandte sich Monika in Richtung Küche. »Ich sehe nach, ob in den anderen Räumen noch Leute sind!«
Tessa und Marie kehrten in ihr Nähzimmer zurück. »Schließt bitte die Fenster!«, rief Tessa. »Und dann lasst alles einfach liegen und kommt mit raus!«
Ivy zog ihre Schwester sofort zur Tür. Die anderen folgten schnell. Nur Joana zögerte. Marie sah, dass sie vorsichtig versuchte, ihr Kostüm von der Schneiderpuppe zu ziehen. Tessa blickte ebenfalls zu Joana. Sie schloss eilig ein Fenster und

lief zu dem Mädchen hin. »Komm! Dafür ist jetzt keine Zeit.«

»Aber –«, begann Joana, verstummte jedoch, als Tessa sie einfach mit sich zog.

Marie schnappte sich ihren Matchbeutel und folgte den anderen zum Spielplatz. Dort versammelten sich nach und nach ungefähr vierzig Mädchen und Jungen um drei JUZ-Mitarbeiter. Sie diskutierten aufgeregt miteinander.

Marie fand Kim, Franzi und Tessa bei den Schaukeln.

»Hoffentlich ist das nur ein Fehlalarm«, sagte Franzi. Sie schirmte ihre Augen gegen die Sonne ab und sah zum Jugendzentrum hinüber. »Ich sehe jedenfalls keinen Rauch.«

»Aber es hat ein bisschen verbrannt gerochen, als wir vorhin bei den Toiletten vorbeigelaufen sind«, meinte Marie.

Kim zog die Stirn in Falten. »Wir werden ja bestimmt gleich erfahren, was los ist.«

Tatsächlich kam Monika zehn Minuten später aus dem Jugendzentrum und steuerte auf den Spielplatz zu. »Es ist der Rauchmelder im Vorraum der Toiletten gewesen«, rief sie ihren Kollegen zu. »Ich habe ihn deaktiviert. Keine Ahnung, warum er angesprungen ist.« Sie blickte die Jugendlichen ratlos an und wandte sich dann wieder an ihre Kollegen. »Wahrscheinlich wollten dort ein paar von den Kids heimlich rauchen.«

Tom, einer der Mitarbeiter des JUZ, nickte. »Gut möglich. Am besten machen wir dazu gleich noch mal eine Ansage.« Er formte die Hände zu einem Trichter und rief: »Alle mal herhören! Das war ein Fehlalarm. Wir können wieder ins Gebäude! Aber bitte bleibt im Foyer, wir wollen euch noch etwas sagen!«

»Wir sollten gleich einen Abstecher zu den Toiletten machen«, raunte Kim Marie ins Ohr. »Würde mich interessieren, was da

tatsächlich los war.« Sie zuckte mit den Schultern. »Ich kenne mich nicht wirklich aus, aber ich fand, dass es vorhin nicht nach Zigaretten gerochen hat. Das war mehr so verbranntes Papier.«
Marie nickte. »Stimmt! Jetzt, da du es sagst: Wenn ich meine Orakel-Briefchen verbrenne, riecht es genauso.« Kaum hatte sie den Satz zu Ende gesprochen, lief sie rot an. Bestimmt würde gleich eine dumme Bemerkung von Kim kommen! Ihre Freundin glaubte nämlich, im Gegensatz zu ihr selbst, überhaupt nicht an übersinnliche Phänomene. Immer wieder versuchte Kim sie davon zu überzeugen, dass alle merkwürdigen Dinge, die passierten, auf wissenschaftliche Art und Weise zu erklären waren. Marie aber glaubte nach wie vor daran, dass es viel mehr zwischen Himmel und Erde gab, als der Mensch erfassen konnte. Daher legte sie Tarotkarten und befragte verschiedene Orakel oder das Pendel, wann immer sie Rat bei wichtigen Entscheidungen suchte. Und sie hatte gute Erfahrungen damit gemacht!

Kim sah Marie belustigt an und öffnete den Mund.

»Sag jetzt nichts!«, rief Marie. »Bitte nur das eine Mal keinen doofen Kommentar, okay?«

Unschuldig klimperte Kim mit den Wimpern und säuselte: »Was sollte ich denn sagen?«

»Das weißt du ganz genau!«, ereiferte sich Marie. »Dass das alles totaler Schwachsinn ist. Und dass ich naiv bin, weil ich an übersinnliche Phänomene glaube.«

Kim klopfte Marie auf die Schulter. »Genau! Ich hätte es nicht besser sagen können.« Dann brach sie in schallendes Gelächter aus.

»Du bist unmöglich!«, rief Marie. Kurz überlegte sie, ob sie jetzt beleidigt sein sollte. Aber Kims Lachen war so ansteckend, dass sie grinsen musste. »Na warte! Das gibt Rache!« Marie hielt Kim an ihrem Pulli fest und versuchte, sie durchzukitzeln, aber Kim riss sich los und rannte weg. Marie setzte ihr nach. Kim wollte sich hinter einer Rutsche in Sicherheit bringen, doch Marie erwischte sie schließlich an der Kapuze ihres Pullis. Sofort begann sie Kim kräftig durchzukitzeln.

»Hilfe!«, japste Kim. »Gnade, bitte!«

Aber Marie machte weiter. »Nur, wenn du versprichst, dich nicht mehr über mich lustig zu machen!«

Kim hielt Maries Hände fest. »Ich hab doch gar nichts gesagt!«, ächzte sie. »Und jetzt hör auf, bitte!«

»Du weißt genau, was ich meine!« Marie verdrehte die Augen, aber sie ließ von Kim ab.

Kim seufzte. »Das war doch nur Spaß.« Sie hielt Marie die Hand hin. »Wieder gut?«

Marie klatschte ab. »Wieder gut!« Dann blickte sie sich um und stellte überrascht fest, dass sie mit Kim allein auf dem Spielplatz war. »Die sind ja alle schon weg. Komm, wir gehen rein. Franzi ist bestimmt schon bei den Toiletten und sieht sich um.«

Kim nickte und sie liefen los.

Als sie im JUZ ankamen, war außer den vier Jungs am Tischkicker niemand mehr im Foyer.

»Schweinerei!«, hörte Marie Selim schimpfen. »Die Standpauke hätte sich Tom sparen können. Der hat doch garantiert uns gemeint! Immer sollen wir schuld sein, wenn irgendwas passiert!«

»Jaja! Voll ungerecht!«, rief Basti und schlug eine Kickerstange so hart an, dass die Figuren wild rotierten.

»Mann! Andrehen ist verboten!«, rief einer der Jungen auf der anderen Seite.

»Ja!«, rief Basti zurück und riss den Kopf hoch. »Schon gut!« Sein Blick fiel auf Franzi und Marie. »Hey!«, rief er grinsend. »Ihr zwei da. Geht mal schnell zu eurem Tussiverein zurück und tröstet die Heulsuse!«

Marie zog die Stirn in Falten. »Pass auf, was du sagst!« Sie machte einen Schritt auf den Jungen zu. »Und was soll das heißen von wegen: *Heulsuse?*«

Basti zuckte mit den Schultern. »Die eine dunkelhaarige, die ihren Typen mit angeschleift hat, die ist vorhin in euer Tussiparty-Zimmer gestürmt und hat sofort angefangen rumzuheulen. Dann haben alle rumgeschrien, und dann hat eure Obernäherin die Tür zugemacht.«

»*Tessa Grevenbroich*«, zischte Marie.

»Hä?«, machte Basti.

»Die Leiterin des Näh-Workshops heißt *Tessa Grevenbroich*«, antwortete Marie frostig. »Geht das so in dein Hirn hinein oder –«

»Komm schon«, unterbrach Kim und zog Marie mit sich fort. »Lass die Fußballfuzzis. Wir müssen nachsehen. Da muss was passiert sein!«

Marie biss sich auf die Lippe. Kim hatte recht. Sie durchbohrte die Jungen mit einem bösen Blick und wandte sich ab. Schnell lief sie mit Kim die wenigen Schritte bis zum Workshop-Raum. Marie riss die Tür auf – und erschrak. Joana saß schluchzend auf einem der Tische bei den Fenstern! Tim stand neben ihr und hatte seinen Arm um ihre Schulter gelegt. Er machte ein sehr besorgtes Gesicht.

Tessa, Ivy und Ava liefen zwischen den Tischen herum und schienen etwas zu suchen. Der Rest der Teilnehmerinnen stand in kleinen Grüppchen zusammen und diskutierte aufgeregt.

Franzi stand vor der Schneiderpuppe. Sie sah sich nachdenklich im Raum um.

Marie spürte, wie sie von Kim hart am Arm gepackt wurde. »Das Kleid!«, rief sie. »Es ist weg!«

Franzi drehte sich zu ihnen um und nickte langsam. »Joana hat es sofort beim Reinkommen bemerkt. Wir haben überall gesucht, aber das Kostüm ist einfach verschwunden!«

Joana schluchzte auf. »Was soll ich denn jetzt machen?«

Franzi sah Kim und Marie ernst an. Sie räusperte sich. »So, wie es aussieht, hat jemand das Kostüm gestohlen, während wir alle draußen auf dem Spielplatz waren.«

»Was soll das?«, rief Marie aufgebracht. »Wer macht denn so etwas?«

»Das wüsste ich auch gern!« Tessa hatte vor Wut gerötete Wangen. »Dass hier so etwas passiert! Ich fasse es nicht.« Sie sah sich um. »Bitte schaut nach, ob sonst noch etwas weggekommen ist!«

Die Kinder und Jugendlichen sahen nach ihren Sachen.

»Alles da«, sagte Kim nach einem kurzen Blick in ihren Rucksack.

Franzi schwenkte ihren Jutebeutel. »Bei mir auch.«

Auch die anderen gaben schnell Entwarnung.

»Das ist doch wenigstens etwas«, murmelte Tessa. Sie biss sich auf die Unterlippe und sah zu Joana hinüber.

Das Mädchen tupfte sich mit einem Taschentuch die Tränen aus den Augen und sah Tessa bittend an. »Ich muss das Kleid unbedingt wiederhaben! Ich habe mich so auf den Contest gefreut!« Sie knüllte das Taschentuch zusammen. »Bitte helft mir! Vielleicht hat jemand nur einen dummen Scherz gemacht und es irgendwo versteckt?«

Ivy nickte eifrig. »Bestimmt waren das die vier Jungs da draußen! Die haben sich auch lustig gemacht, als wir vorhin gekommen sind! Los, wir fragen sie!«
Marie ertappte sich dabei, dass sie Ivy sofort zustimmte. Sie konnte sich gut vorstellen, dass die vier Typen etwas mit der Sache zu tun hatten. Aber sie musste vorsichtig sein und durfte nicht vorschnell Verdächtigungen aussprechen. Schließlich hatte jeder der Teilnehmer der Nähparty oder sogar jeder, der im JUZ anwesend war, die Möglichkeit gehabt, sich das Kostüm zu schnappen.
Wie auf Kommando sagte Kim: »Keine Frage: Die vier sind verdächtig.« Sie runzelte die Stirn. »Aber das trifft eigentlich auf jeden von uns zu.«
Svea sah Kim empört an. »Du glaubst wirklich, das war jemand von uns?«
»Theoretisch könnte das sein«, murmelte Kim.
Svea und Alexa verdrehten die Augen. »So ein Quatsch«, rief Alexa aufgebracht. Ihre Wangen färbten sich rot.
»Kim hat aber recht!« Marie zog die Augenbrauen hoch. »Und ich denke, wir sollten zur Sicherheit eine Taschenkontrolle durchführen.«
»Daran habe ich auch schon gedacht«, sagte Tessa leise. Sie sah ernst in die Runde. »Das müsste aber von der Polizei gemacht werden. Ich darf das nicht.«
Marie schüttelte den Kopf. »Wenn alle einverstanden sind und freiwillig ihre Taschen zeigen, können wir das sehr wohl machen!«
»Genau!«, sagte Kim und schnappte sich ihren Rucksack. »Ich fange mal an.« Energisch zog sie den Reißverschluss auf und schüttelte den Inhalt heraus. Ihr Handy, eine Geldbörse,

das Detektivtagebuch, Stifte und drei Schokoriegel fielen zu Boden. »Das war's.« Kim schwenkte den leeren Rucksack. Während sie ihre Sachen wieder einpackte, holte Franzi ihren Jutebeutel unter dem Tisch hervor. Auch Ivy und ihre Schwester zeigten sofort den Inhalt ihrer Taschen. Nach kurzer Zeit schlossen sich die anderen Teilnehmer ebenfalls der Aktion an. Doch in keiner Tasche befand sich Joanas Kostüm. Svea öffnete als Letzte ihre große Reisetasche. Mit ironischem Unterton in der Stimme sagte sie: »Tata! Und hier haben wir – nichts!« Sie zeigte die leere Tasche herum.

Die drei !!! nickten sich zu. »Dann müssen wir nur noch die anderen im JUZ davon überzeugen, ihre Taschen zu zeigen«, rief Marie und eilte zur Tür.

Tim folgte ihr. »Meinst du, das bringt wirklich was?«, fragte er leise. »Das Kostüm muss doch gar nicht mehr da sein. Hier sind fast fünfzig Leute gewesen. Viele davon sind vorhin nach dem Feueralarm einfach weggegangen. Da kann jemand ganz leicht das Kleid mitgenommen haben.«

Marie schluckte. »Klar, daran habe ich auch schon gedacht. Aber wir müssen das jetzt hier einfach durchziehen. Es gibt die verrücktesten Sachen …«

Sie straffte die Schultern und steuerte auf die Jungs am Tischkicker zu. »Wir müssen mal kurz stören«, sprach sie Basti an.

Der Junge sah konzentriert auf das Fußballfeld und spielte den Ball geschickt seinem Partner Selim zu. »Jetzt nicht!«, sagte er.

Marie ließ sich nicht beirren. »Aus unseren Raum ist ein wertvolles Kostüm weggekommen«, fuhr sie fort. »Daher –«

»Tor!«, brüllte Selim und reckte die Faust. Die beiden Jungs klatschten sich ab.

Marie verdrehte die Augen. »Okay. Dann könnt ihr ja jetzt mal

eine Pause machen.« Sie deutete zu drei großen roten Sporttaschen, die an der Wand standen. »Gehören die euch?«
Basti sah Marie verwirrt an. »Was soll das denn jetzt werden?«
Marie erklärte knapp, was los war. Zu ihrem großen Erstaunen zuckten die drei Jungs nur mit den Schultern, holten ihre Taschen und leerten sie aus. Innerhalb weniger Sekunden entstand ein großer Berg aus Trainingsklamotten, Fußballschuhen, Trinkflaschen und Handtüchern. Basti zog ein Paar Boxershorts aus dem Haufen und wedelte grinsend damit herum. »Wollt ihr mal anfassen?«
Marie wich zurück. »Nee, ganz bestimmt nicht!«, erwiderte sie. »Aber danke, dass ihr mitgemacht habt!«
»Und wem gehört der Rucksack?«, fragte Franzi und trat vor. Einige Sekunden lang herrschte gespanntes Schweigen. Dann erklang Selims Stimme: »Das ist meiner.«
»Machst du ihn mal auf?«, bat Marie.
Selim schluckte. Langsam zog er den Rucksack unter dem Tischkicker hervor. Er öffnete das Hauptfach und holte Schulbücher, Hefte, ein Mäppchen und eine Brotdose hervor. »Hier!«, sagte er mit rauer Stimme. »Das war's.«
Der Junge wollte die Sachen gerade wieder verstauen, aber Franzi schien etwas entdeckt zu haben: »Entschuldige, kannst du noch zeigen, was in dem hinteren Teil ist?«
Selim steckte ein Heft in den Rucksack zurück. »Da ist nichts«, murmelte er.
»Es sieht aber ziemlich ausgebeult aus«, beharrte Franzi.
»Ihr nervt echt!«, stieß Selim hervor und nestelte am Reißverschluss herum.
Marie spürte ein Kribbeln in der Magengegend. Selim verbarg etwas, das war ihm deutlich anzumerken. Hatte er Joanas Kleid?

»Also gut!«, rief der Junge plötzlich. Er zog das Fach auf. Mit einer fahrigen Bewegung holte er einen Gegenstand daraus hervor und hielt ihn hoch. »Das ist da drin«, sagte Selim und versuchte, ein selbstsicheres Gesicht zu machen.
Marie zog erstaunt die Augenbrauen hoch. Der Junge hatte eine Pappröhre, die rundum mit Holzstäbchen beklebt war, in der Hand. Er griff erneut in den Rucksack und zog ein dickes Knäuel Wolle heraus. Als er den Rucksack schüttelte, um zu zeigen, dass in dem Fach sonst nichts mehr enthalten war, löste sich eine Stricknadel aus dem Knäuel und kullerte davon. Basti stoppte sie mit dem Fuß. »Alter!«, rief er und hob die Nadel auf. »Du strickst?!«
Selim drückte das Wollknäuel in der Faust zusammen. »So was Ähnliches.«
»Echt jetzt?«, meldete sich einer der beiden anderen Tischkicker-Jungs. Er konnte sich nur mit Mühe ein Lachen verkneifen.
»Ja. Mann, das ist ein Strickautomat!«, sagte Selim leise.
»Eine *Riesenstrickliesel*«, rief Tessa aus. Erst jetzt bemerkte Marie, dass ihre Stiefmutter die ganze Zeit hinter ihr gestanden haben musste. »Genial! Hast du die etwa selbst gebaut?«
Selim stopfte die Wolle zurück in den Rucksack. »Ich habe so ein Ding mal in Klein gesehen, und ich dachte, ich baue das einfach größer und kann dann Monsterschlangen stricken.«
Jetzt erinnerte sich Marie. Sie hatte auch eine kleine Strickliesel zu Hause, mit der sie früher leidenschaftlich gern meterlange Wollstränge gestrickt hatte. Die bunten Schlangen konnte man spiralförmig zusammennähen und Topflappen, Taschen oder ganze Decken produzieren.
»Das ist wirklich eine super Idee«, unterbrach Tessa Maries

Gedanken. »Wie groß werden denn die Schläuche mit deiner Strickmaschine? Kann man damit Pulswärmer machen?«
»Keine Ahnung.« Selim zuckte mit den Schultern. »Ich kapier das System einfach nicht. Deshalb bin ich heute bei der Nähparty vorbeigekommen. Ich dachte, dass mir vielleicht jemand zeigen kann, wie die Sache funktioniert.« Er räusperte sich und sah die anderen Jungs kurz an. »So wichtig ist es aber nicht. Ich hatte dann doch mehr Lust zum Kickern!«
»Klar, verstehe«, antwortete Tessa. »Aber falls du doch noch wissen willst, wie es geht, kannst du jederzeit bei uns vorbeischauen. Ich zeig es dir gern.«
Selim packte die Strickmaschine wieder weg. »Mhm«, machte er. »Danke. Mal sehen.« Er feuerte den Rucksack gegen die Wand und stellte sich wieder an den Tischkicker. »Kommt schon! Wir machen weiter!«
Basti und die beiden anderen Jungs kamen ebenfalls zum Kicker zurück. Einer schlug Selim auf die Schulter. *»Monsterschlangen!«*, rief er. »Mann, du bist vielleicht 'ne Nummer!«
Selim ignorierte die Bemerkung und warf den Ball ein. Im nächsten Moment waren die vier Jungen wieder ins Kickern vertieft.
Tessa seufzte und sah auf ihre Armbanduhr. »Ich glaube, eine ziemlich große Gruppe ist gerade in der Küche. Am besten gehen wir da als Nächstes hin.«
»Halt, warte«, sagte Marie. »Was hältst du davon, wenn du jetzt mit der Nähparty weitermachst und Kim, Franzi und ich die restlichen Leute hier im JUZ befragen? Es bringt ja doch nichts, wenn wir alle zusammen durchs Haus laufen.«
Tessa nickte knapp. »Danke! Das ist eine gute Idee. Lass es uns so machen.«

Eine Stunde später kehrten die drei !!! in den Workshopraum zurück. Die Teilnehmer arbeiteten konzentriert an ihren Projekten, aber es herrschte gedrückte Stimmung. Joana zwirbelte schweigend mit Tim und Ivy zusammen Twist-Schnüre für Tims Perücke. Sie ließ beinahe ihre Schnur fallen, als sie bemerkte, dass Kim, Franzi und Marie den Raum wieder betreten hatte. »Und?«, rief sie aufgeregt.
Marie schüttelte den Kopf. »Nichts.«
»Alle haben mitgemacht und ihre Taschen gezeigt«, sagte Kim. »Aber in keiner war das Kleid.«
»Und niemand hat etwas Verdächtiges beobachtet«, ergänzte Franzi.
Marie seufzte. »Wir haben dein Kostüm noch im ganzen Haus gesucht, in jeder Ecke! Wir konnten es aber nicht finden. Wahrscheinlich ist es gar nicht mehr im Jugendzentrum.«
Joana sackte in sich zusammen. »Das ist eine echte Katastrophe! Für mich und für die Showgruppe! Ich kann so schnell doch kein Ersatzkleid nähen.«
Tessa strich ihr tröstend über den Arm. »Es tut mir unendlich leid! Wir gehen gleich im Anschluss zur Polizei, okay?«
Joana nickte stumm.
Die drei !!! sahen sich kurz an. Wie immer verstanden sie sich ohne viele Worte. Marie zog das silberne Etui mit den Visitenkarten ihres Detektivclubs aus der Hosentasche und räusperte sich. »Eine Anzeige bei der Polizei ist gut. Aber es kann sein, dass dort dein Fall nicht gerade die oberste Priorität hat. Daher möchten wir dir gerne anbieten, dass wir für dich nach dem Kleid suchen.« Sie zog eine Karte aus dem Stapel und hielt sie Joana hin.
Das Mädchen drückte Tim seine Twist-Schnur in die Hand und nahm die Karte.

»Ihr seid Detektivinnen?«, murmelte Joana. »Das ist ja der Hammer!« Sie strich nachdenklich über die Karte. »Und ihr würdet wirklich für mich nach dem Kleid suchen?«

»Natürlich!«, antwortete Kim.

»Aber ich habe bestimmt nicht genügend Geld, um euch zu bezahlen«, sagte Joana.

Marie schüttelte den Kopf. »Wir verlangen nichts. Wir möchten die Sache einfach aufklären!«

Joana lächelte. »Das ist großartig! Vielen Dank!« Sie nickte. »Ich hoffe so sehr, dass ihr mein Kostüm wiederfindet.« Ihr Gesicht verdüsterte sich. »Es bleibt aber nicht viel Zeit. Der Contest findet schon übermorgen statt.«

Marie sah das Mädchen ernst an. »Wir werden unser Bestes geben!«

Plötzlich riss Franzi die Augen auf. »Dass uns das nicht früher aufgefallen ist!«, rief sie und lief zur Fensterfront.

»Gute Idee!«, antwortete Tessa. »Ich habe ganz vergessen, die Fenster wieder zu öffnen. Etwas frische Luft wird uns guttun. Danke, Franzi!«

Franzi schüttelte den Kopf. »Das meinte ich nicht.« Sie tippte gegen den Rahmen des letzten Fensters. Mit einem leisen Klacken fiel es zu.

»Das Fenster hier war gar nicht geschlossen!«

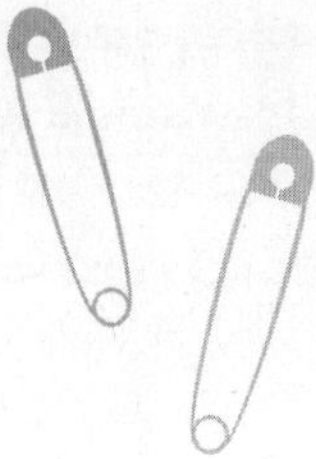

Riesenstrickröhre

Strickschläuche am laufenden Meter produzieren – das geht ganz leicht mit der DIY-Riesenstrickröhre!

DU BRAUCHST …

- Papprröhre mit ca. 8 cm Durchmesser und ca. 18 cm Länge (z. B. saubere Chipsdose oder Packrolle)
- 12–14 dicke Trinkhalme aus Pappe oder extradicke Holzspieße
- 1 Schaschlikspieß
- Klebefilm
- breites, starkes Klebeband
- Wolle
- Messer
- Schere

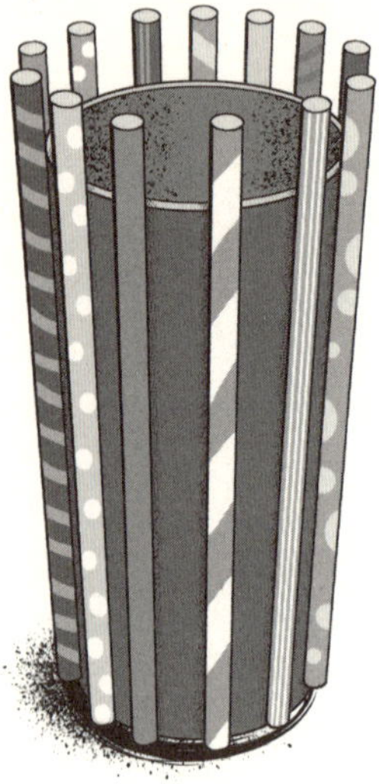

Wenn du eine Chipsdose verwendest, entferne den Deckel und schneide mit dem Messer vorsichtig den Boden ab, sodass die Röhre ca. 18 cm lang ist. Pass beim Schneiden gut auf deine Finger auf – oder lass dir von einem Erwachsenen helfen! Befestige die Trinkhalme mit etwas Klebefilm in einem Abstand von 1 cm außen auf der Pappröhre. Die Trinkhalme sollen etwa 2 cm über den Rand der Röhre hinausragen.

Umwickle die Trinkhalme an der Pappröhre jetzt sorg fältig mit dem breiten, festen Klebeband, sodass alles schön stabil ist. Fertig ist die Riesenstrickröhre! Wenn du Lust hast, kannst du sie mit Deko-Tape verzieren oder mit wasserfesten Filzstiften bemalen.

Und so geht das Stricken mit deiner Riesenstrickröhre:

1 Führe den Wollfaden von oben durch die Röhre und lass das Ende gut 20 cm aus dem Boden herausschauen.

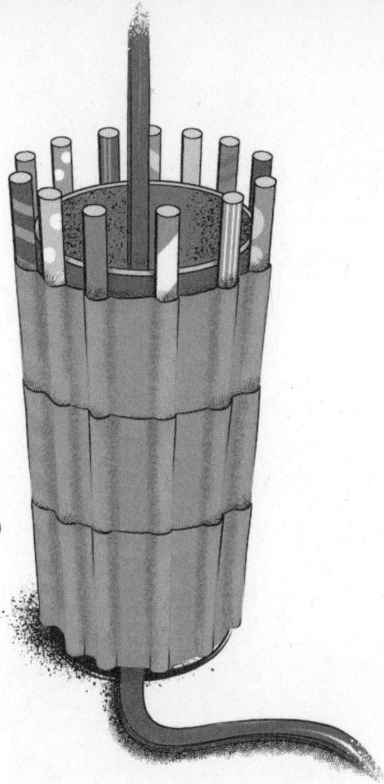

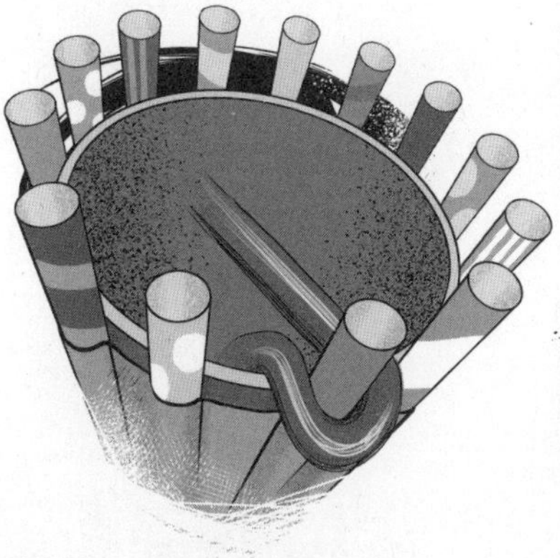

2 Mach mit dem Wollfaden oben um den ersten Trinkhalm eine Schlaufe.

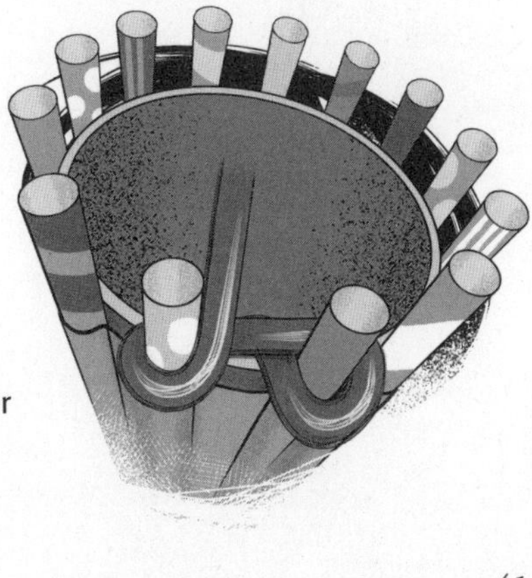

3 Ziehe den Faden weiter zum Halm links davon und mach wieder eine Schlaufe.

4 So fährst du fort, bis du wieder beim ersten Trinkhalm angekommen bist.

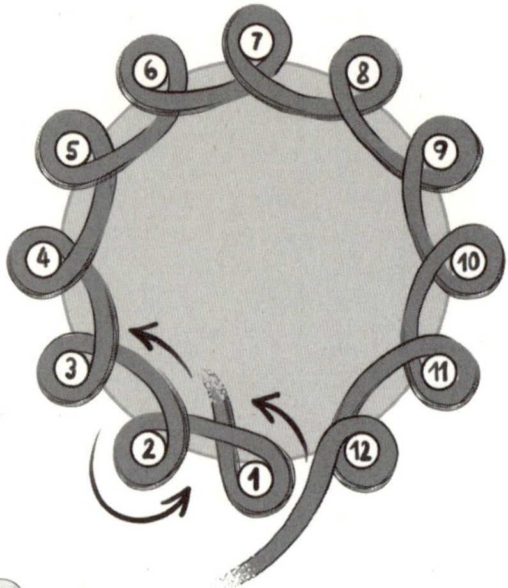

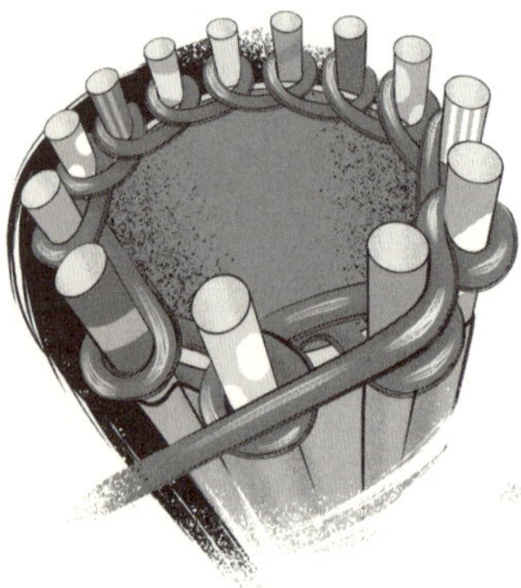

5 Jetzt legst du den Wollfaden von außen über die erste Schlaufe.

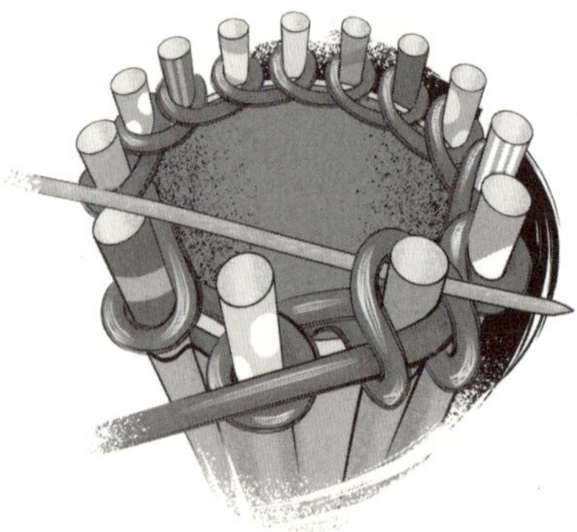

6 Stich mit dem Schaschlikspieß von oben in die Schlaufe und ziehe sie über den davorgelegten Faden wieder auf den Trinkhalm drauf.

7 Fahre so immer weiter fort – immer linksherum. Schon bald wächst der Strickschlauch und wird unten aus der Röhre heraushängen!

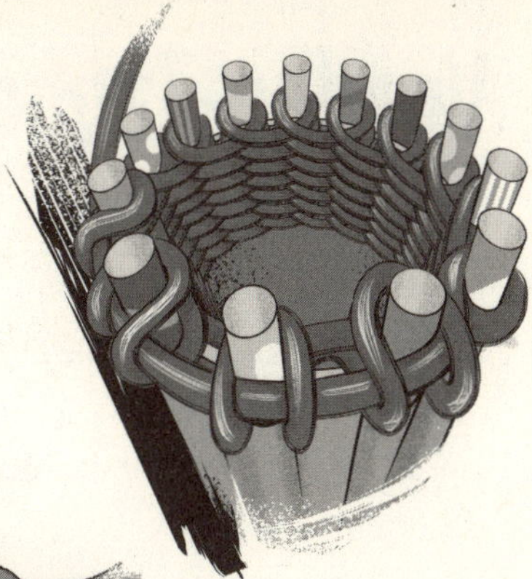

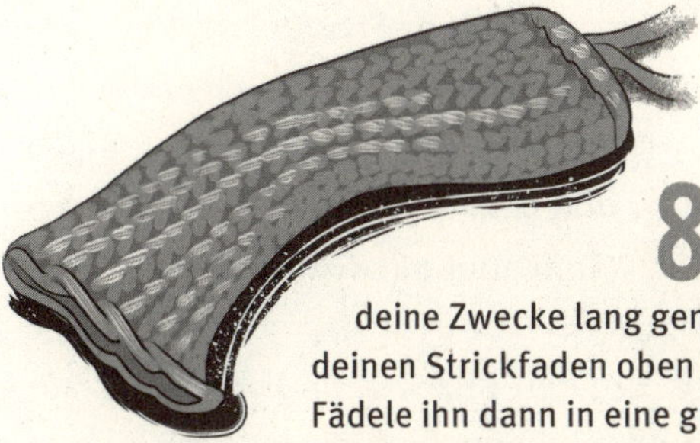

8 Wenn der Schlauch für deine Zwecke lang genug ist, schneidest du deinen Strickfaden oben in ca. 20 cm Abstand ab. Fädele ihn dann in eine große Sticknadel und führe die Nadel durch alle Schlaufen. Zusammenziehen, verknoten – fertig!

Franzis Tipp

Deine Strickschlangen kannst du sehr vielseitig verwenden. Mach daraus Pulswärmer, Eierwärmer, Gürtel, Stirnbänder oder kleine Säckchen für Schmuck und Detektivutensilien. Ausgestopft und mit Augen und Zunge versehen, kannst du auch eine Schlange zaubern, die vor Ritzen im Fenster oder vor die Tür gelegt wird und vor Zugluft schützt. Bestimmt fallen dir noch viele andere Verwendungsmöglichkeiten ein!

Voodoo-Zauber

»Wir müssen es vorhin in der Eile vergessen haben!« Franzi zog das Haargummi an einem ihrer kurzen roten Zöpfe fest. »Das heißt, jemand könnte hier locker eingestiegen sein, als wir alle draußen waren!«

Marie lief zu Franzi hinüber. Als sie ans Fenster trat, knirschte es unter der Sohle ihres rechten Schuhs. Sie sah nach und stellte fest, dass sie auf mehrere kleine Kieselsteine getreten war. Marie öffnete das Fenster wieder und beugte sich hinaus. Sie ließ den Blick über den weitläufigen Innenhof mit dem rot-grau gemusterten Pflasterboden schweifen. Vor der Hauswand verlief eine Buchsbaumhecke. Zwischen den Pflanzen und der Wand war ein breiter Streifen mit Kieselsteinen ausgestreut. Marie schlug mit der Hand gegen den Fensterrahmen und zog den Kopf wieder hinein. »Eindeutig! Hier ist definitiv jemand eingestiegen. Er oder sie hat dabei unbemerkt ein paar Kieselsteinchen an den Sohlen mit hereingebracht.« Marie zuckte mit den Schultern. »Schade, dass hier keine Erde ist. Dann könnten wir Fußabdrücke sichern.«

Franzi schwang sich aufs Fensterbrett. »Lasst uns genauer nachsehen. Vielleicht finden wir noch andere Spuren.« Vorsichtig ließ sie sich nach draußen gleiten. Kim und Marie folgten ihr unter den neugierigen Blicken der Workshopteilnehmer.

Die drei !!! liefen den gekiesten Streifen ab und betrachteten konzentriert den Boden und die Bepflanzung. Außer einem verwitterten Fetzen von einer Plastiktüte und einer verrosteten

Limonadendose fanden sie jedoch nichts. Franzi versenkte die Hände in ihren Hosentaschen. »Mist«, sagte sie enttäuscht. »Damit kommen wir nicht weiter! Das Zeug liegt hier ja schon ewig, das stammt garantiert nicht vom Täter.«

Kim zog die Stirn in Falten. »Das ist eben Pech. Man kann nicht von jedem Dieb verlangen, dass er seinen Personalausweis am Tatort verliert.« Sie grinste schief.

Marie sah auf ihre Armbanduhr. »Der Workshop ist gleich zu Ende«, stellte sie fest. »Wenn die Leute weg sind, könnten wir den Raum und die Schneiderpuppe noch mal in aller Ruhe untersuchen. Was haltet ihr davon?«

»Ich habe die Modellpuppe und den Boden drumherum vorhin ganz genau untersucht«, antwortete Franzi. »Ich konnte nichts Auffälliges entdecken. Aber wir können zur Sicherheit ja trotzdem noch mal nachsehen.«

Marie nickte. »Also, gehen wir wieder hinein.«

Detektivtagebuch von Kim Jülich
Donnerstag, 21:30 Uhr

So schnell kann es gehen! Wir haben einen neuen Fall: Im Jugendzentrum ist einem Mädchen, Joana Wilbrandt, ein Kleid gestohlen worden! Genau genommen handelt es sich um ein wunderschönes Kostüm, das Joana in wochenlanger Arbeit selbst genäht hat und das sie bei einem Wettbewerb auf der FreeFanCon (einer Art Messe für Fantasy-Liebhaber) tragen wollte. Die Zeit drängt: Wir müssen das Kleid innerhalb von 48 Stunden finden – sonst ist der Contest für Joana und ihre Showgruppe gelaufen!

Tessa war gestern Abend mit Joana auf dem Polizeirevier und hat Anzeige wegen des Diebstahls erstattet. Zufällig ist sie dabei unserem guten alten Bekannten, Kommissar Peters, begegnet. Sie hat ihm alles erzählt und er meinte, das sei doch jetzt mal ein passender Fall für unseren Detektivclub! Nach einem verschwundenen Kostüm würde die Polizei momentan nicht mit Hochdruck fahnden können, weil es gerade viele andere Delikte in der Stadt gibt. Deshalb sollten wir gern einspringen, das sei doch endlich mal keine so irrsinnig gefährliche Verbrecherjagd, in die wir sonst immer hineingeraten. (Halloo??!? Oh Mann!) Der Kommissar hat herzliche Grüße ausgerichtet und uns viel Glück gewünscht.

Das können wir auch brauchen. Leider konnten wir gestern auch nach intensiver Suche weder am Tatort direkt noch in der Umgebung irgendwelche brauchbaren Spuren finden. Auch eine Taschenkontrolle bei allen Anwesenden hat nichts gebracht (außer dass ich erfahren habe, dass man Riesenstricklieseln *selbst bauen kann. Genial. Muss ich demnächst mal ausprobieren ☺).*

Das Einzige, was in diesem Fall klar ist: Jemand ist durch ein offenes Fenster in den Workshopraum gelangt und hat das Kostüm weggenommen. Alles andere ist offen: Wer macht so etwas!? Und warum?!?!

Kam jemand zufällig vorbei und hat »die Gunst der Stunde« genutzt (wegen eines [falschen] Feueralarms befand sich für ca. eine Viertelstunde keiner in dem Raum, in dem das Kleid hing)? War es jemand von der Nähparty? War der Diebstahl womöglich sogar geplant? Franzi kam auf die Idee, dass jemand den Alarm absichtlich ausgelöst haben könnte, um abzulenken und dann das Kleid zu stehlen. Franzi und Marie haben nämlich beim Vorbeilaufen an den Toiletten einen leichten Brandgeruch wahrgenommen. Als hätte jemand ein Papierhandtuch angezündet und dann unter den Rauchmelder gehalten. Allerdings sagte uns Moni, die den Alarm abgestellt hat, gestern Abend noch, dass sie kein an-

gekokeltes Papier gesehen habe. Wobei das der Täter/die Täterin ja auch in der Toilette runtergespült haben könnte. Fragen über Fragen!!! Und der Kreis der Leute, die Täter sein könnten, ist so irre groß! Alle Anwesenden im JUZ haben zwar ihre Taschen hergezeigt und das Kleid war in keiner, aber jeder könnte das Kostüm natürlich ebenso gut irgendwo im Haus versteckt und später rausgeholt haben. Oder der Täter ist gleich nach dem Diebstahl mit dem Kleid weggelaufen …
Die Verdächtigen sind:
elf Teilnehmer der Nähparty (wobei wir besonders zwei Mädchen, Svea und Alexa, im Auge behalten müssen. Sie nehmen mit ihrer Gruppe ebenfalls an dem Kostümwettbewerb am Wochenende teil und könnten versucht haben, den Auftritt von Joanas Gruppe zu verhindern. [Konkurrenz!])
ca. fünfzig (!!!) Jugendliche, die zur Tatzeit im JUZ waren. Besonders vier Jungs sind durch dumme Bemerkungen über die Nähparty aufgefallen. Haben sie einen blöden Streich gespielt und das Kleid weggenommen?!
alle Anwohner der beiden Häuser, die einen Zugang zum Hinterhof haben, der ans Jugendzentrum grenzt. Es ist leider wahr: Jeder Bewohner dieser Häuser könnte durch das Fenster in den Nähpartyraum gelangt sein. Ich schätze, das sind über achtzig Menschen. Schwierig, schwierig …

Ich bin morgen mit Marie und Franzi nach der Schule im Café Lomo *verabredet. Wir müssen unbedingt die weitere Vorgehensweise besprechen. Sehr praktisch: Am Nachmittag findet der zweite Teil der Nähparty statt und wir werden einen Teil der Verdächtigen direkt wieder treffen. Ich bin ja dafür, dass wir als Erstes Svea und Alexa auf den Zahn fühlen. Viele Verbrechen geschehen aus Neid und Angst vor Konkurrenz. Das könnte hier ebenso sein. Ich bin gespannt, was Marie und Franzi darüber denken!*

Geheimes Tagebuch von Kim Jülich
Donnerstag, 22:10 Uhr
An die nervigsten Brüder des Universums, Ben und Lukas: Dieses Tagebuch war schon immer und ist und bleibt auch für immer GEHEIM!!! Kapiert?! Und wenn jemand meine Geheimnisse nicht respektiert, wird meine Rache fürchterlich sein. Glaubt mir: Ich finde eure geheimen Schokoladenvorräte! Und ihr werdet eure Schokolade nie wiedersehen ...
Ich schaffe es gerade einfach nicht, meine angefangene Krimigeschichte fertig zu schreiben. Sie heißt »Tödlicher Plan« und spielt in einem kleinen Schloss in Südfrankreich, das mitten in einem düsteren Pinienwald versteckt ist. Eine alte Adelsfamilie trifft sich dort zur Geburtstagsfeier des Urgroßvaters, und zuerst ist alles ganz toll und lustig, aber dann verschwinden nach und nach ein paar der Leute. Dann kommt der Schocker: Cousin Cornelius wird ermordet im Wald aufgefunden, Tante Tamina liegt tot auf dem Teppich, Onkel Otto leblos im Gewächshaus und so weiter und so fort. Eigentlich ist alles superspannend. Ich liebe Nervenkitzel und Vollmondnächte im Wald. Das ist alles drin in der Geschichte bzw. soll noch hinein. Aber ich komme einfach nicht voran!
Ich glaube, das liegt daran, dass ich dauernd an unseren neuen Fall denken muss. Wie kann jemand so etwas Fieses machen?! Joana und Tim sind echt lieb. Wer tut ihnen so etwas an?! Ich sehe ständig Joanas trauriges Gesicht vor mir. Nur wenn sie Tim

ansieht, hellt es sich auf. Die beiden sind so süß verliebt und passen einfach perfekt zueinander.
Marie hat mir vorhin erzählt, dass auch Tessa ganz hingerissen von Joana und Tim ist. Auf dem Weg zur Polizei haben die beiden wohl die ganze Zeit Händchen gehalten und Tim hat Joana ganz liebevoll getröstet.
Oh Mann, jetzt bin ich aber echt ins Schwärmen geraten. Vielleicht sollte ich meinen Krimi liegen lassen und es mit einer Liebesgeschichte probieren?!?! Puh.
Noch besser: Ich sollte schleunigst ins Bett, es ist schon nach elf und morgen muss ich fit und ausgeschlafen sein.

Die Sonne schien von einem wolkenlosen türkisblauen Himmel und die Vögel zwitscherten munter, als Marie am nächsten Morgen zur Schule radelte. Sie trat kräftig in die Pedale, um die fünf Minuten, die sie zu spät losgefahren war, wieder hereinzuholen. Ein kurzer Blick auf die Armbanduhr verriet ihr, dass sie gute Chancen hatte, doch noch pünktlich zur ersten Stunde zu kommen. Sie hatten Mathe, und ihr Lehrer, Herr Grawsaal, den alle immer nur »Graf Zahl« nannten, hatte die Angewohnheit, jedem Zuspätkommer eine kleine Textaufgabe zu stellen. Wer sie innerhalb einer Minute lösen konnte, wurde nicht ins Klassenbuch eingetragen. Das war zwar ein halbwegs faires Angebot, aber Marie wollte es trotzdem nicht darauf ankommen lassen. Zahlenstress am Morgen konnte sie einfach nicht gebrauchen.
Plötzlich meldete sich Maries Smartphone. Überrascht stellte sie fest, dass es der Klingelton war, den sie Kims Nummer zugewiesen hatte. Kim rief um diese Uhrzeit eigentlich nie an. Es musste verdammt wichtig sein! Marie bremste, holte das Handy aus ihrem Rucksack und nahm das Gespräch an.

Kims aufgeregte Stimme drang an ihr Ohr: »Guten Morgen! Ich musste dich einfach sofort anrufen! Du wirst nicht glauben, was passiert ist!«
Marie zog die Stirn in Falten. »Ich hoffe, es ist etwas wirklich Wichtiges. Wenn ich mich nicht beeile, komme ich zu spät zur Schule!«
»Sorry!«, rief Kim. »Aber ich dachte, ich muss dich und Franzi gleich informieren: Joanas Kleid ist wieder da!«
»Was?!«, schrie Marie. »Wo? Wann? Wie?«
»Bei Tim. Heute Morgen. Am Zaun!«
Marie schüttelte verwirrt den Kopf. »Kannst du genauer werden?«
»Ich dachte, du hast es eilig«, sagte Kim. »Aber gut.« Sie holte tief Luft und legte los: »Joana hat mich gerade angerufen und gesagt, dass Tim sie angerufen hat. Ihr Kleid hing über dem Gartenzaun vor dem Haus seiner Eltern. Er hat es gefunden, als er gegen halb sieben die Zeitungen aus dem Briefkasten geholt hat. Es muss ein paar Stunden dort gehangen haben, weil es feucht war vom Morgennebel. Aber sonst ist wohl alles in Ordnung damit. Also –« Kim schluckte hörbar. »Also, wenn man davon absieht, dass das gesamte Oberteil mit Stecknadeln gespickt ist. Wie bei so einem Voodoo-Zauber! Du weißt, was ich meine?« Kim fuhr fort, ohne eine Antwort von Marie abzuwarten. »Joana hatte ein Nadelkissen an einem Ärmel des Kleids befestigt. Der Täter hat komplett alle Nadeln rausgezogen und in das Kleid gepinnt!«
Marie lief es eiskalt den Rücken hinunter. »Das ist supergruselig!«
»Total!«, rief Kim. »Joana und Tim sind natürlich auch völlig fertig. Ich habe mit ihnen ausgemacht, dass wir uns heute

treffen, uns das Kleid genauer ansehen und alles Weitere besprechen.«

Marie rückte hektisch ihren Rucksack zurecht. »Alles klar. Wo treffen wir uns?«

»Bei Tim zu Hause«, antwortete Kim. »Er wohnt in der Brunnengasse 3, in einem der alten Häuser hinter dem Rathaus. Wir sind um 14:00 Uhr verabredet.«

»Gut«, sagte Marie. »Das passt. Also, bis nachher!«

»Bis dann!«,

In dem Moment fiel Marie noch etwas ein. »Halt, warte!«, rief sie. Aber Kim hatte die Verbindung bereits weggedrückt. Marie biss sich auf die Lippe. Egal, jetzt musste sie eben ein paar Stunden auf die Beantwortung ihrer Frage warten – auf die Frage, warum das Kleid nicht bei Joana abgegeben worden war, sondern bei Tim. Der Dieb musste gewusst haben, dass die beiden zusammen waren. Marie betrachtete die feinen Härchen an ihren Unterarmen, die sich aufgestellt hatten und in der Sonne hellblond aufleuchteten. Sie steckte das Handy weg und trat wieder in die Pedale. Marie war klar, dass sie nun auf jeden Fall zu spät zur Schule kommen würde. Aber Graf Zahls Textaufgaben kamen ihr jetzt vollkommen harmlos und beinahe unwichtig vor.

Herz-Nadelkissen zum Anklippen

Nie wieder Nadeln verlieren – ein wichtiges Utensil und tolles Geschenk für alle Näh- und Bastelfans!

DU BRAUCHST …

- farbige Filzplatte, ca. 1 mm dick
- Schere
- Schneiderkreide oder Bleistift
- Watte
- dickes Nähgarn oder Stickgarn in der gleichen Farbe wie der Filz oder in knalligem Kontrast
- Nähnadel oder Sticknadel
- Holzwäscheklammer
- Alleskleber

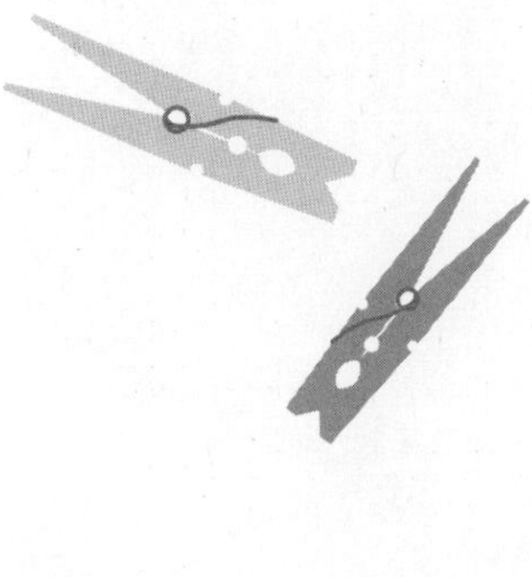

Du kannst die Größe der Vorlage beliebig verändern: einfach beim Kopieren verkleinern oder vergrößern.

1 Kopiere die Vorlage aus dem Buch oder pause sie auf dünnes Papier ab. Schneide deine Vorlage aus und lege sie auf die Filzplatte. Mit Schneiderkreide oder einem Bleistift zeichnest du den Umriss nach. Das Gleiche machst du noch einmal auf einer anderen Stelle des Filzes. Jetzt schneidest du die beiden Herzformen aus dem Filz aus und legst sie genau aufeinander.

Schlingstich

2 Nähe die beiden Teile mit Schlingstichen zusammen. Das geht so: Stich die Nadel mit dem eingefädelten Faden (und einem Knoten am Ende) ca. 3 mm vom Rand der Herzen von unten nach oben durch und zieh, bis der Knoten aufsitzt. Stich nun ein Stückchen weiter links des ersten Einstichs erneut von unten durch den Stoff und zieh so lange am Faden, bis eine ca. 1 cm große Schlaufe entstanden ist.

Stecke die Nadel von oben durch diese Schlinge und zieh den Faden leicht fest.

Jetzt wieder weiter links des letzten Einstichs die Nadel von unten durch den Stoff stechen, Nadel erneut von oben durch die Schlaufe führen und leicht anziehen.

3 Auf diese Weise nähst du rundum weiter bis ca. 1 cm vor die erste Einstichstelle. Durch die Öffnung füllst du vorsichtig Watte, bis das Herz schön ausgepolstert ist. Nimm eventuell einen Stift zu Hilfe, mit dem du die Watte gut hineinstopfen kannst. Dann kannst du weiter zunähen. Zum Schluss den Faden mit zwei bis drei einfachen Stichen sichern und abschneiden.

4 Klebe das Nadelkissen auf eine Holzwäscheklammer und lass den Kleber gut trocknen.

Fertig!

Franzis Tipp

Du kannst die Holzwäscheklammer mit buntem Lack anmalen, bevor du das Nadelkissen aufklebst. Aber vor dem Kleben musst du die Farbe gut trocknen lassen!
Außerdem kannst du das Filzherz auch als Schmuckring oder Armband tragen – ein toller Hingucker! Dazu brauchst du einfach nur eine Schlaufe aus einem Stück Gummischnur mit einigen Stichen auf einer Herzseite festzunähen!

Endlich eine Spur!

Marie lehnte ihr Fahrrad an den Gartenzaun vor dem kleinen Fachwerkhaus, in dem Tim mit seiner Familie wohnte. Während sie den Kiesweg zum Haus entlanglief, wurde die Eingangstür geöffnet. Tim stand im Türrahmen. Er war ziemlich blass um die Nase, lächelte Marie jedoch offen an. »Ich hab dich gerade vom Küchenfenster aus gesehen«, sagte er. »Danke, dass ihr so schnell kommen konntet!« Tim hatte eine Karaffe mit Orangensaft in der Hand und wies damit in den Flur. »Komm rein!«

Marie nickte. »Danke!«

»Joana, Kim und Franzi sind schon da«, sagte Tim. Er schloss die Tür hinter Marie und ging vor. Die glänzenden Holzdielen knarrten leise unter ihren Füßen. Tim steuerte eine schmale eiserne Wendeltreppe am Ende des Flurs an. Marie sah beeindruckt hoch. »Das sieht ja toll aus!«

Tim grinste und nahm die Kanne in die andere Hand. »Meine Mutter ist Innenarchitektin und hat das Haus komplett umbauen lassen. Die Treppe führt direkt in mein Zimmer unter dem Dach.«

Sie stiegen die Stufen hinauf.

»Wow!«, sagte Marie, als sie oben angekommen waren. »Das ist ja mal richtig cool!« Mit offenem Mund bestaunte sie den weitläufigen Raum, der durch zwei große Dachfenster mit Licht geflutet wurde. Die Wände und Dachschrägen waren weiß gestrichen und bildeten einen schönen Kontrast zu den honigfarbenen Stützbalken der Dachkonstruktion. Eine mit buntem Stoff bezogene Matratze lag unter einer der Schrägen, und ein dickes, abgeschliffenes Holzbrett, das zwischen zwei Balken befestigt war, diente als Schreibtisch. Davor stand ein knallroter Stuhl mit modern geschwungenen Armlehnen. Etwa ein Drittel des Raums konnte mit einem Stoffvorhang abgetrennt werden. Er war zur Hälfte aufgezogen und Marie sah, dass Joana, Kim und Franzi dahinter saßen. Sie hatten es sich auf den bunt gemusterten Kissen gemütlich gemacht, die auf dem Boden verstreut lagen. In ihrer Mitte stand ein niedriges Tischchen, darauf ein Teller mit weiß glasierten Muffins. »Hi, Marie«, rief Franzi und winkte. Sie rückte ein Stück zur Seite und klopfte auf das Kissen zwischen sich und Kim. »Hier ist noch Platz!«

»Hallo allerseits!«, rief Marie und lächelte Joana und ihre Freundinnen an. »Vielen Dank, ich setze mich gleich. Aber zuerst muss ich mir das hier ansehen. Das ist ja der Wahnsinn!« Sie lief zu der Wand beim Vorhang, die sie vorher nicht hatte sehen können. Dort waren zwischen großen Postern mit bekannten Comic- und Fantasyfiguren Modezeichnungen angepinnt. Die schwungvoll gezeichneten Figuren trugen ausgefallene und fantasievolle Roben. Marie trat näher an die Skizzen heran und betrachtete sie bewundernd. Sie hatte sich schon als kleines Mädchen sehr für Mode und Modedesign interessiert und immer wieder versucht, ihre Ideen für bestimmte Kleidungsstücke aufzumalen. Leider hatte sie dabei feststellen müssen, dass sie kein besonders großes Talent zum Zeichnen hatte. Somit hatte sich Marie lieber auf ihre echten Stärken konzentriert: Singen, Tanzen und Schauspielern. Beim Anblick der tollen Zeichnungen an der Wand bekam Marie aber wieder Lust, es doch noch mal mit ein paar Mode-Entwürfen zu probieren. Sie tippte vorsichtig auf eines der Blätter. »Hast du die etwa alle selbst gezeichnet?«

»Ja. Ich mach das schon länger. Ich möchte Modedesign studieren.« Tim goss Orangensaft in die Gläser und reichte sie den Mädchen. »Man braucht unter anderem eine Mappe mit Zeichnungen, mit der man sich bei den Modeschulen bewirbt. Darauf bereite ich mich, so gut es geht, vor.«

»Du wirst ganz bestimmt genommen«, antwortete Marie. Sie trank einen Schluck von ihrem Saft. »Deine Entwürfe sehen richtig professionell aus! Ich wünschte, ich könnte auch so gut zeichnen.«

Tim stellte die Karaffe auf dem Tischchen ab. »Ich habe am Anfang einfach die Modelle aus Büchern und Zeitschriften auf Papier durchgepaust. Mit der Zeit hat man dann den Strich raus und kann die Modelle frei zeichnen.«

»Guter Tipp«, freute sich Marie. »Das werde ich mal ausprobieren.«

»Mach das!«, sagte Tim. Er lief zu einem Tisch an der Wand und seufzte. »Der schwierige Schritt ist, die Teile, die man entworfen hat, auch zu nähen.« Er drehte nachdenklich sein Glas in der Hand. »Bei mir kommt meistens etwas heraus, das gar nicht mehr so aussieht wie auf der Zeichnung.«

»Das ist doch egal!«, rief Joana. »Deine Kostüme sehen jedenfalls immer toll aus!« Sie wies auf einen breiten Schrank, der fast die gesamte hintere Wand einnahm. »Ich sag euch, da drin sind unglaublich tolle Sachen! Ihr müsst sie euch unbedingt mal anschauen.«

Tim zuckte mit den Schultern. »Die Sachen habe ich alle für *Fantasy-Conventions* gemacht. Das ist total ausgefallenes Zeug.

Wenn ich den Job professionell machen möchte, muss ich aber auch die Klassiker draufhaben: Maßanzüge für Herren, Bleistiftröcke für Frauen und solche Dinge.« Er stellte sein Glas vor sich ab. »Ich muss endlich mal von Grund auf das Handwerkszeug lernen.«

»Ach was«, sagte Joana. »Du bist einfach ein Perfektionist!«

Tim grinste. »Stimmt.«

Kim angelte sich einen Muffin vom Tisch und biss ein großes Stück ab. »Leute«, nuschelte sie mit vollem Mund. »Ich will ja nicht drängeln, aber –«

Joana schreckte hoch. »Du hast recht. Ich habe das mit meinem Kostüm einfach verdrängt.« Sie biss sich auf die Lippen. »Das ist alles so unheimlich! Am liebsten will ich das Kleid gar nicht mehr sehen.«

Franzi legte Joana die Hand auf den Unterarm. »Ich kann dich verstehen. Aber versuch, positiv zu denken: Du hast es wieder. Ihr werdet übermorgen auf den Contest gehen und vielleicht den ersten Preis gewinnen! Tim sagte, das Kostüm ist nicht beschädigt, man muss nur –«

»Die vielen Nadeln herausziehen«, murmelte Joana und schlug die Hand vor den Mund.

»Wir haben sie dringelassen, damit ihr euch ein Bild machen könnt«, sagte Tim.

Die drei !!! nickten schweigend.

Tim beugte sich über den Tisch. Als er sich zu den Mädchen umdrehte, hielt er Joanas Kleid in den Händen. Der bestickte Seidenstoff glänzte edel und die üppigen Falten des langen Rocks flossen Tim über die Arme wie Kaskaden flüssigen Silbers. Aus der Entfernung schien das Kleid makellos. Als Tim jedoch nähertrat, stockte Marie der Atem. Die gesamte Vorderseite des Oberteils war mit Dutzenden von Nadeln mit bunten Köpfen gespickt. Die roten sahen aus, als wäre Blut ausgetreten und in Form feiner Tröpfchen an den Nadeln hängen geblieben.

»Puh«, sagte Kim. »Das ist echt gemein.« Sie ballte die Fäuste. »Wir werden rauskriegen, wer so etwas macht. Das verspreche ich dir, Joana!«

»Allerdings«, rief Franzi. Sie stand auf und zog ihr Handy aus der Tasche. »Ich schlage vor, wir machen ein paar Fotos und dann untersuchen wir das Kleid.« Sie atmete scharf aus. »Und dann entfernen wir diese verdammten Nadeln!«

Joana drehte ihr Saftglas nervös in der Hand. »Ich glaube, ich packe das nicht. Könnt ihr das bitte ohne mich machen?«

Marie nickte. »Klar!«

»Hast du Lust, an den Twist-Schnüren für meine Perücke weiterzuarbeiten?«, fragte Tim. Er sah Joana besorgt an. »Das lenkt dich vielleicht ab.«

»Das ist eine gute Idee!« Joana sprang auf.

»Die Sachen liegen auf meinen Schreibtisch«, sagte Tim.

»Alles klar!«, murmelte Joana und verschwand hinter dem Vorhang.

Franzi ging zu Tim und machte mehrere Bilder aus verschiedenen Blickwinkeln. Anschließend legten sie das Kostüm zurück auf den Tisch.

Kim holte ihr Detektivtagebuch und ein Vergrößerungsglas aus ihrem Rucksack. Sie untersuchte Zentimeter für Zentimeter der Vorderseite des Kleids.

»Nichts Auffälliges«, murmelte sie nach einer Weile. Dann drehten sie das Kleid um.

Auch hier war auf den ersten Blick nichts Ungewöhnliches zu

sehen. Plötzlich zuckte Kim jedoch zusammen. Sie deutete auf den unteren Bereich des Rocks. Marie sah Kim über die Schulter.

»Hier, seht ihr?«, sagte Kim aufgeregt. »Auf dem Stoff zwischen den Glitzersteinen sind so komische graue Linien. Das könnte der Abdruck einer Schuhsohle sein!«

Jetzt erkannte Marie es auch: Auf dem schillernden Stoff zeichneten sich an vier Stellen verschlungene hellgraue Spuren ab. Man sah sie nur, wenn man genau darauf achtete. Je länger Marie auf die Linien starrte, desto klarer wurde ihr das Muster. Franzi fotografierte und zeigte den anderen einen vergrößerten Ausschnitt. Jetzt fiel es Marie wie Schuppen von den Augen. »Das sind lauter kleine Flügel!«

Franzi sah sie irritiert an. »Bitte was?«

»Auf der Sohle ist ein Muster in Form von Flügeln eingeprägt, und die haben sich auf das Kleid übertragen, als derjenige, der die Schuhe anhatte, auf – «

»Dem Kleid herumgetrampelt ist«, vervollständigte Kim Maries Satz.

»Das ist echt krass«, presste Tim hervor. Er ballte die Hände zu Fäusten.

Die drei !!! tauschten einen ernsten Blick. Dieser Fall wurde wirklich immer unheimlicher!

»Wir werden herausfinden, welche Schuhmarke Sohlen mit so einem Muster hat«, sagte Marie. »Ich habe das noch nie gesehen. Es kann sein, dass es eine seltene Marke ist. Wenn wir den Hersteller rauskriegen, können wir die Schuhläden in der Stadt abklappern und so vielleicht erfahren, wer die Schuhe gekauft hat.«

Kim zog die Stirn in Falten. »Versuchen kann man es. Aber ich fürchte, dass das nicht viel bringt. Die meisten Leute bestellen ihre Sachen doch im Internet.«

Marie zuckte mit den Schultern. »Es ist eben ein Strohhalm, an den wir uns klammern müssen.«

Kim nickte und machte ein paar Notizen in das Detektivtagebuch. Dann sah sie Tim an. »Hat Joana Feinde?«

Er schüttelte heftig den Kopf. »Nein. Sie wird sofort von jedem gemocht, der sie kennenlernt!«

Ein warmes Gefühl stieg in Marie auf. Wie süß von Tim, so etwas zu sagen! Er musste wirklich extrem verliebt in Joana sein.

Kim machte ein skeptisches Gesicht. »Bist du dir ganz sicher? Was ist zum Beispiel mit Svea und Alexa? Könnten die nicht eifersüchtig wegen des tollen Kostüms sein? Vielleicht haben sie Angst, dass sie bei dem Wettbewerb schlechter abschneiden als ihr, und versuchen, Joana zu verunsichern.« Kim tippte ein paarmal mit dem Kuli auf ihr Detektivheft. »Womöglich so zu verunsichern, dass sie gar nicht mehr an dem Contest teilnehmen will.«

Tim riss die Augen auf. »Also, das ist –« Er suchte nach Worten. »Das ... das wäre ... doch unglaublich!«

Kim zuckte mit den Schultern. »Leider alles schon mal vorgekommen!«

Tim schüttelte den Kopf. »Ich kann es mir einfach nicht vorstellen. Klar, wir sind in konkurrierenden Gruppen. Jeder will gewinnen. Trotzdem sind wir eine große Gemeinschaft, wir sind alle Fantasy-Fans. Und wir gehen fair miteinander um.«

Nachdenklich starrte Tim auf das Kleid. »Ich kann mir einfach nicht vorstellen, dass jemand, der auf *FanCons* geht, so etwas macht!«

»Vielleicht habe ich auch zu schnell geurteilt«, gab Kim zu. Sie schrieb kurz etwas in ihr Detektivbuch.
Tim räusperte sich. »Wisst ihr, was ich besonders unheimlich an der ganzen Sache finde? Das Kleid wurde bei mir abgegeben, nicht bei Joana. Das heißt, der Dieb kennt uns! Er weiß, dass Joana und ich zusammen sind und – wo ich wohne.« Er schluckte. »Woher kennt der meine Adresse?«
»Die Frage habe ich mir auch schon notiert.« Kim biss sich auf die Lippe. Sie deutete zu einer Tasche, die neben dem Tisch auf dem Boden lag. »In der hast du gestern dein Kostüm zur Nähparty transportiert, richtig?«
»Ja.« Tim sah Kim irritiert an. »Aber was hat das mit der ganzen Sache zu tun?«
»Da ist ein Schild dran«, sagte Kim. »Steht da vielleicht deine Adresse drauf?«
»Ja!« Tim schlug sich mit der Hand vor die Stirn. »Das heißt, jeder von der Nähparty könnte nachgesehen haben, wo ich wohne.«
»Genau.« Kim verschränkte die Arme vor der Brust.
»Aber warum?« Marie runzelte die Stirn. »Ich meine: Warum klaut jemand Joanas Kleid, sieht nach, wo Tim wohnt, steckt Nadeln in das Kleid und bringt es dann zu Tim zurück?!«
»Stimmt.« Kim zuckte mit den Schultern. »Da weiß ich jetzt auch nicht weiter.«
»Ich bin komplett verwirrt«, murmelte Tim.
»Das ist es, was ich vorhin meinte«, sagte Kim. »Jemand will euch verunsichern. Vielleicht, damit ihr nicht am Wettbewerb teilnehmt.«
»Also doch Svea und Alexa?«, fragte Tim.
Kim seufzte. »Das werden wir herausfinden.«

»Genau!«, sagte Franzi. »Und jetzt sollten wir erst mal diese schrecklichen Nadeln aus dem Kleid entfernen. Joana soll sich das nicht noch mal ansehen müssen!«
Marie nickte und fasste vorsichtig die Ärmel des Kostüms, um es umzudrehen. Plötzlich hielt sie inne. »Hey, was ist das denn?« Sie fühlte am Schultersaum nach. »Da ist etwas!«
Die anderen sahen gebannt zu, wie Marie den Kragen nach außen wendete. Ein schmales, blau-weiß-silbern gestreiftes Bändchen kam zum Vorschein, aus dem ein dünner Silberfaden herausschaute. Dieser hatte sich an einem der Glitzersteine verfangen. Marie löste den Faden und zog das Bändchen heraus. Sie hielt es mit spitzen Fingern fest und ließ es hin- und herbaumeln.
»Gehört das irgendwie zum Kostüm dazu?«, wollte Kim wissen.
»Das würde mich wundern«, stellte Marie fest. »Es passt doch von den Farben überhaupt nicht dazu. Außerdem: Welche Funktion sollte das haben?«
Tim schüttelte den Kopf. »Ich habe das noch nie gesehen! Das gehört bestimmt nicht zum Kostüm!«
Sie riefen Joana und zeigten ihr das Bändchen.
Das Mädchen sah es erstaunt an. »Was soll das sein?«
»Das haben wir eben an deinem Kleid gefunden«, antwortete Kim.
»Wie, an meinem Kleid?« Joana war sichtlich verwirrt.
»Es hatte sich darin verfangen.« Marie legte das Band auf den Tisch und betrachtete es kritisch. »Es sieht aus wie ein geknüpftes Freundschaftsarmbändchen.« Sie sah in die Runde. »Nachdem weder Joana noch Tim das Ding kennen, können wir davon ausgehen, dass es der Person gehört, die das Kleid

entwendet hat! Es muss sich von ihrem Arm gelöst haben, als sie die Stecknadeln platziert hat.«

»Oder es ist abgerissen, als die Person das Kleid angezogen hat«, warf Franzi ein.

Joana schüttelte sich. »Die Vorstellung ist echt unheimlich!«

Kim holte einen kleinen Plastikbeutel aus ihrem Rucksack und steckte das Bändchen hinein. »Immerhin haben wir jetzt endlich eine richtig wertvolle Spur! Die Täterin oder der Täter wird das Bändchen bestimmt vermissen.« Sie verstaute den Beutel wieder gut verschlossen in ihrem Rucksack.

»Wir sollten ihr oder ihm eine Falle stellen«, ergänzte Franzi. Sie sah auf die Uhr. »Vielleicht dauert es gar nicht mehr so lange und der Fall ist gelöst!«

Marie sprang auf. »Dann nichts wie los zur Nähparty!«

Entwirf coole Mode für Kim, Franzi und Marie

Träumst du von einer Karriere als Mode-Designerin oder Schneiderin? Oder hast du einfach Spaß daran, herumzufantasieren und dir schöne Kleidungsstücke auszudenken?

Dann kannst du dich jetzt hier richtig austoben!

Einfach die Modellfiguren auf diesen Seiten auf Transparentpapier durchpausen. Anschließend kannst du den Figuren nach Lust und Laune die verschiedensten Mode-Kombinationen aufmalen und farbig gestalten. Du kannst die Kleidungsstücke auch aus Stoffmustern ausschneiden und auflegen. Das machen Design-Profis genauso, wenn sie eine Modekollektion entwerfen!

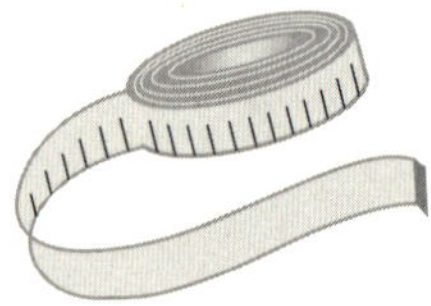

Was tragen die drei !!! beim Joggen? Welche Kleider und welche Accessoires empfiehlst du den dreien beim Filmball, zu dem sie Maries Vater eingeladen hat? Und wie sieht die beste Detektivkleidung aus?

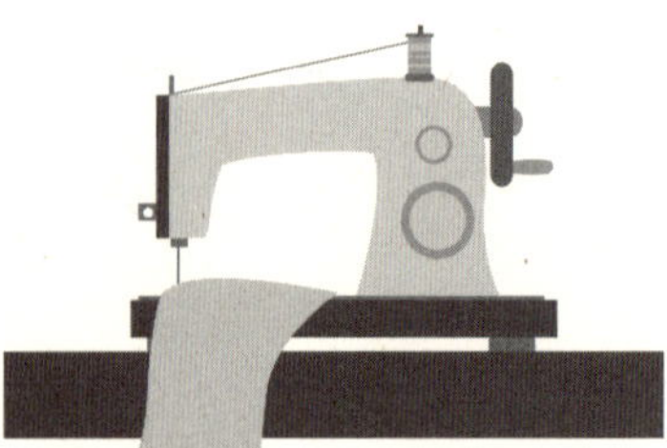

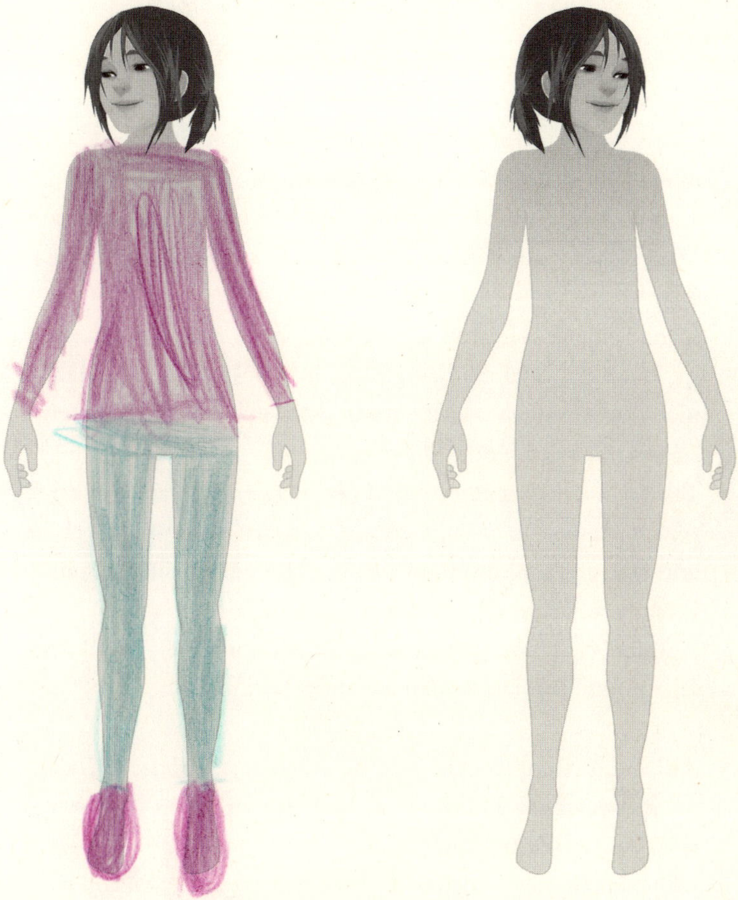

Leider ein Reinfall!

»Wartet!«, rief Joana. »Was für eine Falle? Was wollt ihr denn machen?«

»Lass dich überraschen.«, raunte Franzi geheimnisvoll. »Ihr müsst gar nichts machen. Bloß zusehen!«

Kim ergänzte: »Und nicht sagen, dass ihr das Bändchen schon mal gesehen habt, wenn wir es gleich beim Workshop zeigen, okay?«

Joana seufzte. »Eigentlich hatte ich nach dem, was passiert ist, keine Lust mehr auf den Workshop. Wir wollten heute gar nicht mehr hingehen. Aber wenn jetzt vielleicht der Täter entlarvt wird, will ich doch dabei sein.«

Tim legte einen Arm um Joana und zog sie an sich. »Natürlich gehen wir da jetzt zusammen hin! Erstens lassen wir uns nicht unterkriegen und zweitens bringen wir unsere angefangenen Projekte zu Ende!«

Auf dem Weg zum Jugendzentrum erklärten die drei !!! dem Paar ihren Plan. Die beiden lauschten beeindruckt.

Als sie die Treppen zum JUZ hochliefen, fiel Marie plötzlich noch etwas ein. Sie blieb stehen. »Wartet mal.«

»Was ist?«, fragte Franzi.

»Die anderen, vor allem Tessa, werden garantiert wissen wollen, ob es schon etwas Neues zum Kostüm gibt.« Marie zögerte. »Was haltet ihr davon, wenn Joana nur erzählt, dass sie das Kleid zurückbekommen hat. Dass es am Gartenzaun hing und voller Nadeln war, verschweigt sie einfach. Das ist Täterwissen. Vielleicht verraten sich dann Svea und Alexa oder wer immer es war, durch ein erstauntes Gesicht oder so.«

Kim nickte. »Wir können es versuchen. Aber die Falle mit dem Bändchen finde ich noch vielversprechender.«

»Sicher!«, sagte Marie schnell. »Ich dachte nur, dass wir jede Chance nutzen sollten.« Sie sah Joana an. »Ist das in Ordnung für dich?«

Joana nickte zögerlich. »Schon. Ich hoffe, ich bringe das auch halbwegs überzeugend rüber.« Sie strich sich eine Haarsträhne hinters Ohr. »Egal, ich probier's!«

Als die drei !!!, Joana und Tim den Workshop-Raum betraten, war Tessa gerade im Gespräch mit Moni. Svea und Alexa saßen an zwei Nähmaschinen über ihren Kostümen und Ivy zankte sich mit ihrer Schwester wegen der Deko-Elemente, die sie für ihre Handyhülle verwenden wollte. Ein Mädchen, dessen Namen sich Marie am Vortag nicht hatte merken können, tüftelte ebenfalls an seiner Tasche. Alle sahen sofort zu Joana.

Auch Tessa wurde aufmerksam. »Hallo!«, begrüßte sie die drei !!! und das Pärchen. »Joana, wir sprechen gerade über die Sache mit deinem Kostüm!«

Moni nickte. »Das ist ja eine üble Angelegenheit!« Sie sah Joana an. »Hat die Polizei schon etwas herausfinden können?«

»Ähm«, machte Joana. »Nein.« Sie warf einen kurzen Seitenblick zu Kim. Die nickte ihr ermutigend zu.

»Also, das Kleid ist wieder da!«, fuhr Joana fort. »Es ist alles in Ordnung damit.«

Marie beobachtete Svea und Alexa genau. Die beiden hatten aufmerksam zugehört, aber sie wirkten nicht besonders an-

gespannt. Dafür quiekte Ivy: »Super! Ich freu mich für dich. Aber wo war das Kleid denn?«
Joana schluckte. »Das weiß ich nicht. Ich habe es heute Morgen am Gartentor gefunden.«
Tessa schüttelte den Kopf. »Was ist das denn für eine merkwürdige Aktion gewesen?«
»Ja, das wüsste ich auch gern.« Joana biss sich auf die Lippe. »Aber Hauptsache, ich habe mein Kostüm wieder. Es ist alles in Ordnung damit.«
»Glückwunsch! Dann müssen wir wohl doch mit harter Konkurrenz beim Contest rechnen«, sagte Alexa. Sie legte eine Falte am Rock ihres Kostüms um und begann sie festzunähen.
Marie überlegte, wie sie die Bemerkung deuten sollte. Sie entschied, dass sie nicht gerade einfühlsam, aber wohl einfach ehrlich war. Und Alexa hatte überhaupt nicht erstaunt gewirkt. Auch Svea hatte einfach nur überrascht ausgesehen, als Joana gesagt hatte, dass das Kleid wieder da war. Die Reaktion der anderen Teilnehmer war ebenfalls nicht auffällig. Alle waren freudig überrascht und die Sache damit scheinbar für alle abgeschlossen. Aber natürlich hatte Marie nicht alle Workshopteilnehmer genau im Auge behalten können. Und Svea und Alexa könnten auch einfach verdammt gute Schauspielerinnen sein.
»Na gut!«, unterbrach Tessas Stimme Maries Gedanken. »Ich hoffe, dass sich diese Sache einfach erledigt hat und es keine Wiederholung gibt.«
Joana nickte. »Das hoffe ich auch!«
Plötzlich wurde die Tür geöffnet und Selim trat herein.
»Hey«, rief Tessa. »Der Mann mit der Strickmaschine!«
Der Junge räusperte sich verlegen. »Man kann ja nicht jeden Tag tischkickern«, sagte er leise und warf seinen Rucksack auf

einen freien Platz am Tisch. Er zog die Riesenstrickliesel heraus. »Könnten Sie mir heute bitte zeigen, wie das Ding funktioniert?«
»Das mache ich gern!«, sagte Tessa. Sie sah in die Runde. »Kommen alle so weit klar?«
Alle nickten.
Joana und Tim liefen zu dem Tischchen mit den Stoffballen und begannen, aufgeregt über italienische und französische Stoffe zu sprechen. Marie, Kim und Franzi setzten sich an den großen Arbeitstisch und suchten ihre angefangenen Sachen vom Vortag heraus. Sie hatten besprochen, dass sie ihre Falle nach der Pause stellen wollten, die für sechzehn Uhr geplant war.
Marie stellte fest, dass Franzi es gestern tatsächlich geschafft hatte, aus einem Streifen Jersey-Stoff ein Haarband zu nähen.
Franzi bemerkte Maries Blick. »Da staunst du, was?« Sie hielt das türkisfarbene Band in die Höhe. »Um ehrlich zu sein, hat Tessa es für mich an der Nähmaschine zusammengenäht. Ich kann es jetzt aber selber verzieren.« Franzi zog ein Glas mit bunten Knöpfen zu sich. »Wie man einen Knopf annäht, hat mir Tessa auch gezeigt!« Franzi lächelte verschmitzt, zog einen kleinen Gegenstand aus ihrer Hosentasche und legte ihn auf den Tisch. »Ich bin aber eher für die schnelle Variante.«
Marie fing an zu kichern. Vor Franzi lag eine Tube Sekundenkleber.
»Das meinst du jetzt nicht ernst!«, fragte Kim belustigt.
Franzi sah sie verwundert an. »Warum nicht?«
Kim beugte sich zu ihr rüber. »Das ist der totale Beschiss! Ich mühe mich hier gerade mit Nadel und Faden ab, und du …
»Selbst schuld«, unterbrach Franzi sie ungerührt, ließ einen winzigen Tropfen Kleber auf einen silbernen herzförmigen

Knopf fallen und presste ihn auf das Haarband. Zufrieden betrachtete sie das Ergebnis. »Das funktioniert gut.« Sie suchte nach einem weiteren Knopf.

Kim sah stirnrunzelnd zu. Dann schnitt sie energisch den Faden durch, mit dem sie gerade eine Feder auf ihrem Stirnband angenäht hatte. Sie warf Franzi einen warnenden Blick zu. »Es sind schon Leute in der Notaufnahme gelandet, weil sie ihre Finger mit dem Zeug zusammengeklebt haben und der Chirurg sie auseinanderoperieren musste.«

Franzi zuckte mit den Schultern und platzierte den nächsten Schmuckknopf. »Ich pass schon auf.«

»Hm.« Kim trommelte mit den Fingern auf der Tischplatte. Dann hielt sie die Hand auf. »Ich hab's mir überlegt: Kann ich bitte mal den Kleber haben?«

Franzi reichte ihr grinsend die Tube. »Bitte sehr!«

Marie schüttelte den Kopf und konzentrierte sich wieder auf ihren Shopper. Sie musste den oberen Umschlag noch feststecken, bevor sie ihn mit der Nähmaschine festnähen konnte. Das war etwas knifflig und erforderte ihre volle Konzentration. Schnell war sie von der Arbeit vollkommen eingenommen.

Plötzlich hörte Marie Tessas Stimme: »Okay, Leute. Wer mag, kann jetzt eine Pause machen. Ich habe Butterbrezeln und Limo besorgt.«

»Super!«, rief Ivy. »Ich verhungere!« Sie sprang so schnell auf, dass ihr Stuhl beinahe umfiel. Ihre Schwester hielt ihn lachend fest. »Bring mir auch eine mit!«, rief sie Ivy hinterher.

Svea und Alexa schlenderten ebenfalls zu dem kleinen Tisch im hinteren Bereich des Raums, auf den Tessa die Brezeln und mehrere Flaschen mit Zitronenlimonade gestellt hatte.

Kim legte ihr Haarband beiseite und stand auf. Sie nickte Marie und Franzi zu und verließ den Raum. Franzi löste die Haargummis aus ihren Zöpfen und wuschelte sich durchs Haar. Dann streifte sie ihr fertiggestelltes Band über den Kopf und zupfte ein paar Haarsträhnen zurecht. Sie drehte sich zu Marie. »Na, wie findest du es?«

»Super!«, sagte Marie sofort. »Das Türkis passt gut zu deinen roten Haaren. Und die bunten Knöpfe sehen echt cool aus.«

»Danke!«, sagte Franzi und machte ein zufriedenes Gesicht.

Tessa kam zu ihnen herübergelaufen. »Wow!«, rief sie. »Wie ich sehe, ist hier das erste Do-it-yourself-Teil fertig geworden! Glückwunsch!« Sie nickte anerkennend. »Du hast schnell gelernt! So viele Knöpfe in so kurzer Zeit anzunähen, ist –« Tessa stockte und kniff die Augen zusammen. Sie betrachtete Franzis Haarband aus der Nähe. Dann stemmte sie die Hände in die Seiten und machte ein gespielt vorwurfsvolles Gesicht. »Du hast sie aufgeklebt! Das ist gegen jede Schneiderehre!«

»Aber ich bin ja auch keine Schneiderin. Ich bin …« Franzi räusperte sich. »Ich bin auf einer Nähparty. Auf einer Party will man Spaß haben!« Sie zuckte mit den Schultern. »Und mir hat es Spaß gemacht, dass es so schnell ging mit dem Aufkleben.«

Tessa schüttelte lachend den Kopf. »Okay, dann ist's ja gut! Ich zwinge keinen zu seinem Glück.« Sie wandte sich zu Marie und betrachtete den Saum am Shopper. »Das sieht gut aus! Soll ich dir gleich zeigen, wie du ihn an der Nähmaschine festnähst?«

»Ach, lass mal«, sagte Marie.

Tessa zog verwundert die Augenbraue nach oben.

Marie nickte. »Ich kleb das einfach fest.«

»Im Ernst?«, rief Tessa entsetzt.

Marie fing an zu lachen. »Ätsch, reingelegt!«

Tessa boxte Marie leicht gegen die Schulter. »Na, dann komm!«

Marie folgte Tessa zu einem freien Nähmaschinenplatz. Als sie sich gerade setzte, ging die Tür auf und Kim schlüpfte herein. Sie lief zum Arbeitstisch in der Mitte des Raums und hielt das Armbändchen hoch, das sie an Joanas Kostüm entdeckt hatten. »Leute, ich habe das gerade vor der Tür hier gefunden!«, rief sie.

Gespannt wartete Marie auf die Reaktionen der Workshopteilnehmer.

Aus den Augenwinkeln sah sie, dass Joana und Tim den Atem anhielten.

Die Teilnehmer reckten neugierig die Hälse. Kim hielt das Bändchen etwas weiter hoch. »Es ist ein Armband. Vielleicht hat es jemand von euch verloren.«

Ivy, die direkt neben Kim stand, schüttelte sofort den Kopf. »Nö, mir gehört das nicht!«, rief sie laut.

Ihre Schwester und zwei weitere Mädchen verneinten ebenfalls nach einem kurzen Blick auf das Bändchen. Auch Svea und Alexa sowie die anderen Teilnehmer der Party schüttelten die Köpfe.

Kim wartete noch einen Moment ab und zuckte schließlich mit den Schultern. »Okay, dann mache ich nachher einen Aushang am Schwarzen Brett.« Sie legte das Bändchen auf den Tisch und setzte sich. Joana und Tim sahen sich enttäuscht an. Franzi biss sich auf die Lippen.

»Das ist nett von dir«, sagte Tessa. »Danke!« Sie lächelte Kim zu und wandte sich wieder zu Marie an der Nähmaschine.

Marie hatte allerdings Mühe damit, den Anweisungen zu folgen. Sie musste sich nämlich gerade sehr darauf konzentrieren, nicht die Beherrschung zu verlieren. Ihre Falle war leider ein Reinfall gewesen!

Easypeasy Haarband

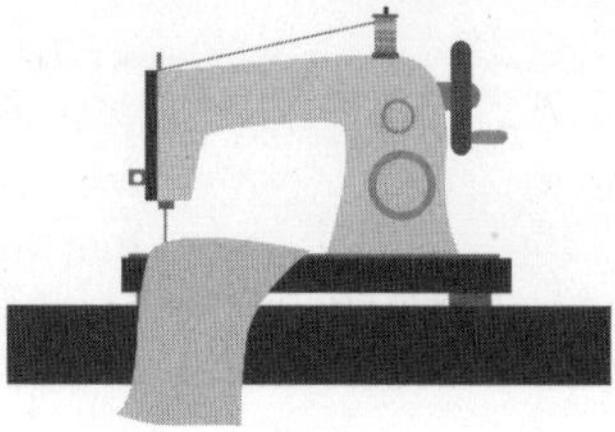

Näh dir eine ganze Kollektion schöner Haarbänder einfach selbst! Ein individuelles Haarband ist auch ein tolles Geschenk für deine BFF.

DU BRAUCHST …

- ein Stück dehnbaren Stoff (Jersey) oder ein altes T-Shirt, ca. 60 cm lang und mindestens 9 cm breit
- Nähgarn in der Farbe des Stoffes
- Nähmaschine
- Maßband
- Stift
- Schere
- z. B. hübsche Herzknöpfe zum Verzieren

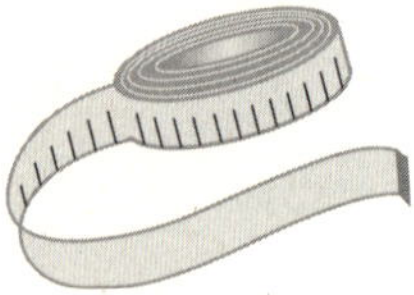

1 Miss zuerst den Umfang deines Kopfes. Leg dazu das Maßband einmal um deinen Kopf herum, vom Stirnansatz bis in den Nacken. Rechne einen Zentimeter zu der gemessenen Länge hinzu und schneide ein entsprechend langes Stück Stoff aus. Die Breite sollte ca. 9 cm betragen. Damit erhältst du ein ca. 4 cm breites Haarband.

Wenn du dein Haarband schmaler oder breiter haben möchtest, kannst du das Maß abändern: Nimm dazu die gewünschte Breite mal 2 und rechne 1 cm Nahtzugabe dazu. Beispiel: Für ein 6 cm breites Band müsstest du ein Stück Stoff von 13 cm Breite nehmen (6 × 2 + 1).

2 Falte das Stoffstück in der Mitte der Längsseite zusammen. Dabei zeigt die Innenseite des Stoffes nach außen. Nähe in ca. 5 mm Abstand vom Rand die losen Längsseiten zusammen und versäubere die Ränder mit Zickzackstich. Lass dir von jemandem helfen, der fit im Umgang mit der Nähmaschine ist.

3 Wende den Stoffschlauch und lege ihn so hin, dass die Naht mittig und unten liegt. Klappe dann das linke Stoffschlauchende auf das rechte Ende. Du hast jetzt den Stoffschlauch in der Mitte gefaltet und vier Lagen Stoff. Nähe in ca. 5 mm Abstand zu den offenen Rändern mit einer gerade Naht an der kurzen Seite alle Lagen zusammen. Du kannst die Ränder auch noch mit Zickzackstich versäubern.

4 Wende den Schlauch – fertig! Die Nähte sind jetzt auf der Innenseite des Haarbands versteckt. Probier aus, ob das Haarband straff genug sitzt. Wenn nicht, wende es noch einmal und setze die Naht etwas enger.

Maries Tipp

Du kannst das Haarband einfach so belassen – besonders, wenn du einen schön gemusterten Stoff verwendet hast. Ansonsten kannst du nach Lust und Laune noch Zierknöpfe aufnähen.
Viel Spaß mit deinem neuen, einzigartigen Haarband!

Elfen helfen

Detektivtagebuch von Kim Jülich
Samstag, 07:14 Uhr
Joanas Kostüm ist wieder da! Allerdings ist der Fall damit nicht erledigt. Die Umstände, unter denen es wieder aufgetaucht ist, sind nämlich ziemlich mysteriös: Jemand hat es mit Nadeln gespickt und vor Tims Haus gehängt! Wir wollen diesen »Jemand« unbedingt ausfindig machen und zur Rede stellen. Ich meine, was ist das denn für eine gruselige Aktion gewesen?!?! Wer steckt dahinter?! Dummerweise sind wir gestern überhaupt nicht weitergekommen. Joana und Tim haben ein total mulmiges Gefühl. Was, wenn die Sache mit dem Kostüm eine Warnung sein sollte (aber vor was, warum? – viele Fragen)??? Heute Nachmittag findet eine Stellprobe für den Kostümwettbewerb statt. Joana wird natürlich ihr Kleid tragen, das Kleid, das mit den Nadeln gespickt war. Ich kann verstehen, dass sie sich Gedanken macht. Marie, Franzi und ich hatten deshalb die Idee, dass wir mit Joana und Tim zusammen auf die Convention gehen und genau beobachten, wer sich in ihrer Nähe aufhält. Franzi und ich haben dafür eine spontane Übernachtung bei Marie eingelegt, um schnell noch ein paar Kostüme zu basteln. Wir wollen schließlich zwischen den verkleideten Fantasy-Fans nicht unnötig auffallen. Wir werden, wie alle anderen Besucher der Convention, einfach herumgehen, uns umsehen und Spaß haben. Nur werden wir dabei nicht von Joanas Seite weichen. Mal sehen, was passiert ...

Marie zupfte an einem der spitz zulaufenden zartrosa Latexohren, die sie sich vorhin angeklebt hatte. »Die Teile sind einfach genial! Ich finde, wir sehen aus wie echte Blumenelfen.«
Kim grinste. »Ich hab zwar noch nie eine *echte* Blumenelfe gesehen, aber die Ohren wirken tatsächlich echt.« Sie wackelte mit dem Kopf, sodass ihre Spitzohren auf- und abwippten. »Es ist immer wieder gut, dass du so eine große Sammlung von Verkleidungsstücken hast!«
Marie nickte schweigend und überprüfte ihr Spiegelbild im Heckfenster eines Lieferwagens, der vor dem *MovieStar* stand. Die *Fantasy-Convention* fand in dem großen Kinokomplex im Jakobi-Viertel statt.
Die drei !!! hatten sich mit Joana und Tim am Haupteingang verabredet, weil Tim ihnen drei Eintrittskarten übergeben wollte, die er für sie organisiert hatte.
»Hoffentlich hält mein Kostüm«, sagte Marie und überprüfte den Sitz des Gürtels, den sie aus einem breiten Gummiband und einer Stoffblume gebastelt hatte. Sie drehte sich ein paar Mal um die eigene Achse. Der schimmernde Tüllstoff, den sie mit wenigen Stichen an das Gummiband genäht hatte, stellte sich wie ein Zelt aus und flatterte ihr um die Beine. Zufrieden stellte Marie fest, dass nichts verrutschte.
Kim blickte sie bewundernd an. »Das sieht so toll aus! Es ist kaum zu glauben, dass dein Rock mal eine Gardine war!«
Marie hörte auf, sich zu drehen. Sie zupfte an ihrem pinkfarbenen Oberteil. »Ja, wir haben echt gute Arbeit geleistet.« Sie musterte Kim und Franzi begeistert. »Man kann aus alten Kleidungsstücken schon tolle Sachen machen!«
Franzi hatte ein T-Shirt so geschickt zurechtgeschnitten, dass ein schulterfreies Top mit Neckholder dabei herausgekommen

war. Dazu hatte sie eine ebenfalls abgeschnittene Jeans kombiniert.
Kim trug ein Minikleid, das sie aus einem dehnbaren langen Rock gestaltet hatte. Zwei Schlaufen aus Zierbändern am Bund dienten als Träger.
Marie lächelte. »Ihr seht einfach super aus!«
Das fanden auch Tim und Joana, als sie kurze Zeit später zu den drei !!! stießen. Die beiden konnten kaum glauben, dass die Kostüme der drei Mädchen innerhalb weniger Stunden entstanden waren.
»Ihr seid wunderhübsche Blumenelfen!«, rief Joana. Sie sah Tim an. »Ich frage mich, warum wir immer so lange an unseren Klamotten arbeiten!«
Marie lächelte. »Danke für das Kompliment. Aber so schön wie eure Kostüme sind unsere absolut nicht!«
Das Paar sah tatsächlich umwerfend aus. Die Glitzersteine auf ihren Kostümen funkelten im Sonnenlicht wie kostbare Diamanten. Tim hatte sich eine Perücke aus Dutzenden von fein gezwirbelten Wollschnüren angefertigt. Die Zöpfchen reichten weit über seine Schultern bis auf die Mitte des Rückens und schillerten in allen Regenbogenfarben. Auch Joana trug einige lange Twistzöpfchen, die sie an einem breiten weißen Haarband befestigt hatte. Ihr Kleid saß dank der neuen Abnäher wie angegossen.
»Man merkt, dass ihr unendlich viel Mühe und Zeit investiert habt«, stimmte Kim Marie zu. »Wenn die anderen aus eurer Showgruppe genauso tolle Kostüme haben, macht ihr auf alle Fälle den ersten Platz!«
»Das wäre natürlich super«, antwortete Tim. »Der Contest ist uns schon sehr wichtig. Aber in erster Linie wollen wir ein-

fach Spaß haben!« Er strich sich ein Zöpfchen aus dem Gesicht und legte seinen Arm um Joana. »Ich hoffe, du kannst den Tag jetzt auch einfach genießen!«

Joana nickte. »Ich glaube schon. Es ist zumindest sehr beruhigend, dass Kim, Franzi und Marie die Augen offen halten werden.« Sie zwinkerte den drei !!! zu. »Elfen helfen einfach!«

Marie lachte. »Auf jeden Fall!«

Tim zog drei Eintrittskarten aus seiner Jackentasche und reichte sie den Detektivinnen. »Die habe ich von Freunden bekommen, die leider nicht kommen konnten.«

»Super, vielen Dank!«, sagte Marie. »Was kosten die denn?«

Tim schüttelte den Kopf. »Nichts. Das sind Wochenend-Tickets, die meine Freunde beim letzten Contest mit ihrem Auftritt gewonnen haben. So verfallen sie wenigstens nicht!« Er sah auf seine Armbanduhr. »Wir sollten mal reingehen. Die anderen warten schon beim Auktionsstand auf uns.«

»Was wird denn da versteigert?«, fragte Marie, während sie sich in die Warteschlange an der Einlasskontrolle einreihten. Mittlerweile standen schon sehr viele Leute an. Die meisten waren verkleidet und Marie staunte über die unglaubliche Vielfalt der Kostüme. Feen, Elfen und Vampire kannte sie ja. Aber hier waren so viele bunte Fantasiegestalten versammelt, dass sie sich wie in einer verrückten Traumwelt vorkam.

»Es werden Bücher, Poster, japanische Comics und Zeichentrickfilme angenommen«, antwortete Joana. »Natürlich alles aus dem Bereich Fantasy, Manga und Anime.«

»Das ist total praktisch«, erklärte Tim. »Du kannst deine ausgelesenen Bücher oder alte DVDs abgeben und das Team vom Auktionsstand versteigert sie meistbietend. Du bekommst das Geld und kannst dir davon etwas Neues kaufen!«

»Das klingt echt gut«, sagte Kim.
»Ist es auch«, antwortete Joana mit leuchtenden Augen. »Ich könnte mir sonst nie die neuesten Fantasybücher leisten.« Sie klopfte auf ihre prall gefüllte Tasche. »Ich hab heute auch wieder ein paar Sachen dabei. Die sind noch gut erhalten, dafür bekomme ich bestimmt viel Geld!«
»Ich lese zwar am liebsten Krimis«, sagte Kim, »aber vielleicht ersteigere ich heute mal einen Fantasyschmöker.«
Joana nickte. »Vielleicht kommst du ja auf den Geschmack!«
Nach einigen Minuten Wartezeit erreichten sie die Eingangskontrolle. Zwei als rosafarbene Riesenkaninchen verkleidete Mitarbeiterinnen prüften die Tickets und verteilten schmale Plastikbändchen, die sich die Besucher am Handgelenk befestigten. Die riesigen Schlappohren, die zu den Kostümen gehörten, wippten heftig auf und ab. Marie zuckte zusammen, als sie von einem Ohr einen sanften Klaps auf den Kopf verpasst bekam. Eines der Kaninchen verbeugte sich und winkte mit seinen kurzen Pfoten, als wolle es sich entschuldigen.
Marie grinste. »Ist schon gut, hat ja nicht wehgetan!«
Joana lachte und zog Marie mit sich. »Das ist übrigens das Maskottchen der *FreeFanCon: Kara, das Karatekaninchen*. Es ist ein bekannter Character aus einem japanischen Comic.«
»Karatekaninchen?«, wiederholte Marie lachend. »Mit dem dicken Bauch und den kurzen Ärmchen sieht es aber nicht gerade wie ein Kampfsportler aus!«
»Hast du eine Ahnung!«, raunte Joana mit gespielt ernstem Gesicht. »Kara macht Karate mit ihren Ohren! Sie sieht zwar süß aus, aber sie schlägt jeden Gegner gnadenlos k. o.!«
»Alles klar!« Marie strich sich über den Kopf. »Dann habe ich ja noch mal Glück gehabt!«

Sie drängten sich weiter durch die dichte Menschenmenge im Foyer und steuerten auf den Hauptsaal zu. Als sie ihn betraten, stellte Marie erstaunt fest, dass die Stühle aus dem riesigen Saals entfernt worden waren. Dafür waren kleine Buden und Verkaufstische aufgebaut, vor denen sich die Besucher drängten. Es gab Stände, an denen japanische Snacks, Würstchen und Getränke verkauft wurden, daneben boten Händler alle möglichen Kostüme und Accessoires für Fantasy-Fans an. Auf den meisten Verkaufstischen lagen knallbunte Plüschtiere, Bücher, DVDs und gerollte Poster.

Joana blieb vor einem Tisch stehen, auf dem Dutzende von Kartons mit buntem Papier aufgebaut waren. Dazwischen waren gefaltete Figuren dekoriert. Joana deutete auf einen filigranen Frosch aus hellgrünem Reispapier. »Ist der nicht süß?«, rief sie aus. »Ich muss nachher gleich mal nach der Anleitung fragen. Und dann muss ich mir noch Papiernachschub besorgen.«

Joana konnte sich kaum vom Tisch losreißen. Als sie auf die anderen beim Auktionsstand trafen, sagte Tim sofort: »Sorry, Leute. Joana ist beim Origamistand hängen geblieben. Das ist auf jeder Convention so!«

Joana stellte ihre Tasche an einer Säule des Standes ab und nickte. »Klar! Ich muss nachher unbedingt noch mal hin!«

Ein Mädchen in engem dunkelblauen Kleid mit aufgestickten silbernen Blitzen und einem zarten Schleier vor dem Gesicht lächelte Joana an. »Deine Lotusblüten sind der Hammer!«

Tim nickte. »Die Teile entfalten sich, wenn man sie ins Wasser legt«, erklärte er den drei !!!. »Total abgefahren!«

Marie lächelte Joana an. »Du hast echt ausgefallene Hobbys! Fantasykostüme nähen und Origamifalten macht nicht gerade jeder.«

»Stimmt«, sagte Joana. »Und dann sammle ich noch Plüsch-Maskottchen, Fantasyfilmposter und Feenschmuck.« Sie lachte. »Das kam alles mit der Zeit. Je mehr ich mich mit Fantasy beschäftigt habe, desto mehr Hobbys kamen dazu.«
»Apropos Hobby!«, rief Tim. »Das hier sind ein paar Leute aus unserer Showgruppe.« Er zeigte auf fünf Mädchen und fünf Jungen, die zwischen vierzehn und sechzehn Jahre alt waren. Alle trugen ähnlich ausgefallene Kostüme wie Tim und Joana und waren ebenso aufwendig geschminkt.
Die drei !!! winkten in die Runde.
»Am besten, ihr stellt euch selbst vor«, schlug Tim der Gruppe vor. »Das wird mir sonst ein bisschen zu viel!«
»Geht klar!«, rief ein großer, schlanker Junge, der ähnliche Hosen wie Tim trug. »Hi! Ich bin der zweite Regenbogenfaun!«
Alle lachten.
»Und ich bin die dunkle Drachenhüterin«, rief das Mädchen in dem blauen Kostüm.
»Angenehm!«, antwortete Marie und tippte sich auf die Brust. »Blumenelfe!«
Franzi winkte und rief: »Blumenelfe Nummer 2!«
Plötzlich sah Marie aus den Augenwinkeln zwei Gestalten, deren Kostüme sie von der Nähparty her kannte: Svea und Alexa! Die beiden standen unweit von ihnen und gaben gerade Bücher beim Auktionsstand ab. Auch sie sahen Marie und die anderen. Svea hob die Hand und winkte. Marie verspürte ein eigenartiges Kribbeln im Bauch. Warum waren die beiden Mädchen genau in dem Moment am Stand, als auch Joana dort war? Marie schüttelte den Kopf. Es war doch völlig logisch, dass Svea und Alexa heute hier waren. Ihre Gruppe nahm bestimmt an der

Stellprobe teil und die beiden wollten eben auch ein paar Sachen in die Auktion geben.
Marie grüßte zurück. Als sie sich zu Joana umdrehte, streifte sie einen Jungen, der sich gerade den Schuh band. »Sorry!«, rief Marie.
Der Junge richtete sich auf und rückte seine Sonnenbrille zurecht. Er winkte mit einer lässigen Bewegung ab und lief weiter.
»Der sah ja süß aus«, murmelte Marie.
Tim verdrehte die Augen. »Viel Fantasie hat er aber nicht. Das ist ein bekannter Manga-Character, den man total leicht nachmachen kann. Du brauchst nur einen schwarzen Anzug, rosa Hemd, schwarze Haare und eine Pilotensonnenbrille. Schon bist du *Agent No Fear.*«
Joana stieß Tim leicht den Ellenbogen in die Seite. »Sei nicht immer so gemein zu Cosplayern, die sich genau an eine Vorlage halten. Das ist auch eine Herausforderung!«
Kim räusperte sich. »Was bedeutet *Cosplayer* eigentlich?«
»Das ist eine Zusammensetzung aus *Costume* und *Play*«, sagte Joana. »Der Begriff wurde von Leuten in Japan erfunden, die schon vor ein paar Jahren damit angefangen haben, ihre Lieblingsfiguren aus Comics und Zeichentrickfilmen nachzumachen. Sie haben sich Kostüme gebastelt und dann Szenen nachgespielt, die ihren Character verdeutlichen sollten.«
»Ich finde es langweilig, eine Figur einfach nachzumachen«, warf Tim ein. »Eigene Fantasy-Charaktere sind viel kreativer.«
»Finde ich ja auch«, antwortete Joana. »Trotzdem ist es schön, dass es verschiedene Richtungen beim Cosplay gibt. Jeder soll das machen, was ihm Spaß macht!« Sie gab Tim einen Kuss auf die Wange.

»Du hast ja recht«, sagte Tim. »Und jetzt gibst du am besten deine Sachen ab, damit wir losziehen können.«
Joana sah sie sich suchend um. »Wo habe ich eigentlich meine Tasche gelassen?«
»Die hast du vorhin da abgestellt!« Marie deutete zu der Säule neben dem Auktionsstand.
Joana lief die wenigen Schritte hin. »Stimmt!«, rief sie. »Da ist sie!« Sie bückte sich, hob die Tasche auf und zog ein dickes Buch heraus. Augenblicklich riss Joana die Augen auf und starrte es ungläubig an.
»Das gibt's doch nicht«, rief sie.
»Was ist los?«, fragte Tim.
Joana kam zurückgelaufen und zeigte das Buch. Der Umschlag war eingerissen und wies zahlreiche Kratzer auf. »Das war noch wie neu!«, rief sie entsetzt. Sie schlug den Buchdeckel auf und sog scharf die Luft ein. »Das kann einfach nicht wahr sein!«
Marie sah, dass ein Teil der Buchseiten herausgerissen war. Joana schüttelte den Kopf. »Ich fasse es nicht.« Sie kniete sich hin und wühlte in der Stofftasche. Weitere Bücher und DVD-Hüllen kamen zum Vorschein. Alle wiesen mehr oder weniger schlimme Beschädigungen auf!
Entsetzt betrachtete Joana die Sachen. »Die brauche ich gar nicht erst in die Auktion zu geben. Dafür bekomme ich fast nichts!« Sie ballte die Hände zu Fäusten. »Wer war das?!«
Die drei !!! wechselten einen alarmierten Blick. Marie schluckte. Sie war wütend auf sich selbst. Sie hätte Joana vorhin darauf aufmerksam machen müssen, dass sie ihre Tasche nicht unbeaufsichtigt herumstehen lassen sollte. Oder sie hätte die Tasche wenigstens im Auge behalten müssen.

»Verdammt!«, zischte Kim. »Das hätte nicht passieren dürfen! Wozu sind wir denn hier?!«
Franzi nestelte nervös an ihrem Haarband. »Das ist echt peinlich.«
Marie biss sich auf die Lippe. »Ich habe vorhin Svea und Alexa hier gesehen!«
»Was?«, rief Kim. »Warum hast du nichts gesagt?«
»Ich weiß nicht«, sagte Marie leise. »Ich hatte schon so ein merkwürdiges Gefühl. Aber dann dachte ich, dass es nichts Besonderes ist, dass die beiden hier sind. Sie müssen bestimmt zur Stellprobe, und der Auktionsstand ist ja sehr beliebt ...« Sie schüttelte den Kopf. »Und dann war ich abgelenkt, als Tim von den Cosplayern erzählt hat. Zu blöd!« Marie sah sich um. Ein Teil der Mitglieder aus Joanas und Tims Showgruppe war bereits weitergezogen, die verbliebenen drei Mädchen und ein Junge sahen betroffen drein und versuchten Joana zu trösten. Svea und Alexa waren nicht mehr zu sehen. Marie stemmte die Hände in die Seiten. »Dann müssen wir die beiden jetzt suchen und sie zur Rede stellen!«
»In dem Getümmel hier wird das aber schwierig«, meinte Kim. »Lass uns einfach bis zur Probe warten.«
»Stimmt.« Marie zupfte an einem ihrer Elfenohren. »Dort müssen die beiden ja auf alle Fälle auftauchen. Am besten befragen wir die Leute von Joanas Fantasygruppe noch. Vielleicht ist jemandem etwas aufgefallen.«
Kim nickte. »Ja, das ist eine gute Idee.«

Supereasy Schlauchschal

Schals und Tücher kann man nicht genug haben! Sie sind ein unverzichtbares Accessoire, mit dem man in in Nullkommanichts die einfachsten Klamotten aufpeppen kann!

DU BRAUCHST …

- ein altes T-Shirt oder einen alten Pullover (z. B. Lieblingsstück, das dir zu klein geworden ist)
- Lineal und Bleistift oder Schneiderkreide
- Schere, z. B. Zickzackschere
- evtl. Nähmaschine

1 Lege das Shirt oder den Pulli möglichst glatt auf einen Tisch oder den Fußboden. Dann markierst du mit dem Lineal und dem Bleistift oder der Schneiderkreide eine feine, gerade Linie unterhalb der Achseln.

2 Entlang dieser Linie schneidest du den oberen Teil des T-Shirts bzw. des Pullis ab. Wenn du eine Zickzackschere verwendest, erhältst du einen interessanten Effekt. Es geht aber auch mit einer ganz normalen Schere. Die Enden rollen sich dann leicht ein.

3 Wenn du ein T-Shirt verwendest, brauchst du die abgeschnittenen Enden noch nicht einmal einzusäumen.

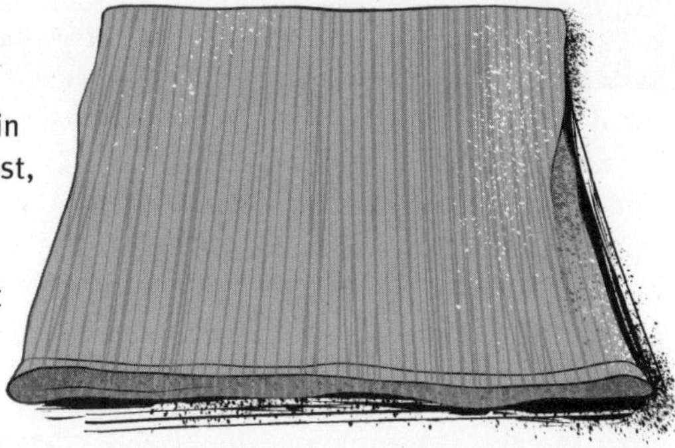

4 Bei einem Pulli aus Wolle empfiehlt es sich jedoch, die Enden an der Nähmaschine mit Zickzackstich zu umsäumen. Lass dir dabei von jemandem helfen, der fit im Umgang mit der Nähmaschine ist.

Kims Tipp

Du kannst deinen Schlauchschal noch mit buntem Garn besticken oder mit Glitzersteinen, Perlen oder schönen Knöpfen verzieren!

Eine böse Überraschung

Leider hatte niemand von den Jungen und Mädchen etwas Auffälliges beobachtet. Keiner hatte auf Joanas Tasche geachtet.
»Vielleicht haben die anderen etwas gesehen«, sagte das Mädchen, das als Dämonin verkleidet war. »Fragt sie doch mal. Sie sind zum Nudelsuppenstand gegangen. Der ist ganz hinten.« Sie strich Joana tröstend über den Unterarm. »Es tut mir wirklich leid, dass dir so was passiert ist! Ich hoffe, derjenige, der das gemacht hat, wird erwischt und bestraft!«
Joana nickte. »Das hoffe ich auch!« Sie seufzte.
Tim strich ihr über die Schulter. »Dann gib doch die Sachen, die nicht so schlimm beschädigt sind, in die Auktion. Und dann suchen wir die anderen.«
»Ja, das werde ich gleich machen«, antwortete Joana.
Die drei !!! warteten zusammen mit Tim, bis Joana ihre Bücher und DVDs abgegeben hatte, dann machten sie sich auf den Weg zum Nudelsuppenstand. Unterwegs erzählte Marie, dass sie Svea und Alexa gesehen hatte.
»Du meinst, die beiden waren das?«, fragte Joana. Sie wich einem Mädchen aus, das als Gestiefelter Kater verkleidet war. »Ich finde es ja auch merkwürdig, dass sie beide Male in der Nähe waren, als mir etwas gestohlen oder kaputt gemacht wurde. Aber ich weiß einfach nicht, warum sie das tun sollten.«
Kim zog die Augenbrauen hoch. »Na ja, sie sind in einer konkurrierenden Showgruppe. Es könnte sein, dass sie dich ver-

unsichern und ablenken wollen, damit du unkonzentriert bist und eure Gruppe schlechter abschneidet.«

»Hm«, machte Joana nachdenklich. »Ich weiß nicht.«

»Da sind sie!«, rief Tim und winkte. Er steuerte auf einen Stand zu, der mit roten und weißen Fahnen mit japanischen Schriftzeichen geschmückt war.

Ein Podest war davor aufgebaut, auf dem ein Tisch stand. Die Jungen und Mädchen der Fantasygruppe saßen in einer Reihe daran und hatten große, dampfende Suppenschalen vor sich. Neben dem Podest stand eine junge Frau in einem bunt gemusterten Kimono. Sie trug die schwarzen Haare zu einem Dutt gesteckt und hatte hellrot geschminkte Lippen. In der einen Hand hielt sie einen goldglänzenden Gong, in der anderen einen großen Klöppel.

»Tim, Joana!«, rief einer der Jungen. »Ich hab euch gerade angerufen. Warum geht ihr nicht an eure Handys?« Er winkte mit einem Paar Essstäbchen. »Wir machen beim Nudelsuppenschlürfwettbewerb mit! Kommt rauf!« Er sah die junge Frau im Kimono an. »Unsere Freunde können doch auch noch mitmachen, oder?«

Die Frau lächelte und nickte. »Ein paar Leute passen noch an den Tisch!«, rief sie. »Die Suppe könnt ihr euch am Stand holen.«

Joana schüttelte den Kopf. »Ich glaube, das ist jetzt nichts für mich.«

»Ach komm«, sagte Tim. »Du bist die schnellste Suppenschlürferin, die ich kenne. Das ist ein Klacks für dich.«

»Der Gewinner bekommt ein *FreeFanCon*-Maskottchen!«, rief eines der Mädchen vom Podest herunter. »Von der limitierten Auflage. Es gibt nur hundert Stück!«

Joana riss die Augen auf und ging näher an den Tisch heran. »Echt?« Sie sah die junge Frau an. »Stimmt das?«
»Ja!«, antwortete die Frau und lächelte herzlich. »Wir haben zehn Stück der *Kara*-Plüschis ergattern können. Zwei sind noch da und warten auf ihren Gewinner.«
Jetzt war Joana nicht mehr zu bremsen. »Ich bin dabei«, rief sie und drängte Tim in Richtung der Suppenausgabe. Sie winkte den drei !!! zu. »Kommt!«
Kim, Franzi und Marie sahen sich verdattert an.
»Ich, äh«, sagte Marie. »Ich glaube …«
»Kommt schon!«, sagte Tim fröhlich und zog die drei Mädchen mit sich. »Wir können die anderen sowieso erst nach dem Wettbewerb fragen. Da können wir auch gleich mitmachen!«
»Eigentlich hast du recht«, sagte Marie.
Zwei Minuten später saßen die drei Detektivinnen zwischen den anderen an der langen Tafel.
»Wo ist der Löffel?«, fragte Franzi irritiert.
»Gibt es nicht«, sagte das Mädchen neben ihr. »Du schaufelst die Nudeln einfach mit den Essstäbchen in den Mund und trinkst die Suppe direkt aus der Schüssel.«
Franzi betrachtete kritisch die dampfende Brühe, in der Unmengen dünner Nudeln schwammen. »Die sehen ziemlich lang aus«, sagte sie zu ihrer Nachbarin. »Wie soll das mit den Essstäbchen gehen?«
Bevor das Mädchen antworten konnte, ertönte ein Gongschlag. Augenblicklich führten die Mädchen und Jungen ihre Suppenschüsseln zum Mund und begannen in einem enormen Tempo zu schlabbern und zu schlürfen. Man merkte deutlich, dass alle schon Wettbewerbe mitgemacht hatten und geübt waren.

Keine einzige Nudel ging daneben, nur wenige Suppenspritzer landeten auf der weißen Papierdecke.
Marie war so fasziniert von dem Anblick, dass sie völlig zu essen vergaß. Mit offenem Mund beobachtete sie das Treiben um sich herum.
Kim hielt sich tapfer. Auch Franzi machte zunächst eine gute Figur, dann aber schaufelte sie in der Hektik ein paar Nudeln an ihrem Mund vorbei. Sie klatschten auf den Tisch.
Die junge Frau hielt eine rote Karte hoch und sah Franzi bedauernd an. »Nudelverlust! Das bedeutet leider die Disqualifikation für dich.«
Franzi stellte lachend ihre Schüssel ab und wischte sich Suppe vom Kinn und von der Nase. »Schade!«, sagte sie.
»Fertig!«, erklang es plötzlich vom Ende des Tischs. Joana drehte ihre Schale um. Kein einziger Tropfen der Suppe und keine Nudel fielen heraus.
Die anderen stellten ihre Schüsseln ab und begannen zu klatschen und zu johlen.
»Ich wusste es!«, jubelte Tim und strahlte Joana an.
Die junge Frau sah auf ihre Stoppuhr. »49 Sekunden!«, rief sie begeistert. »Das ist ein Rekord!« Sie lief zu Joana und sah unter den Tisch. »Du hast tatsächlich nicht geschummelt, sondern alles aufgegessen! Gratulation!«
Freudestrahlend nahm Joana ihren Gewinn in Empfang. Sie drückte das kleine pinkfarbene Karatekaninchen mit den überlangen Ohren an ihre Brust. »Du wirst der Star in meiner Sammlung!«, flüsterte sie. Sie gab dem Maskottchen einen Kuss auf die winzige herzförmige Nase und steckte es vorsichtig ein.
Franzi stupste Marie an. »Wie schön für Joana! Ich freue mich so, dass sie jetzt endlich mal was Schönes erlebt hat.«

Sie konnten noch in Ruhe ihre Suppe aufessen, bevor sie Platz für die nächste Runde des Schlürfwettbewerbes machen mussten. Die drei !!! nutzten die Zeit, um die Mädchen und Jungen zu befragen.

Aber es stellte sich leider schnell heraus, dass auch von ihnen keiner etwas gesehen hatte.

Enttäuscht halfen die drei !!!, den Tisch abzuräumen und die Schüsseln am Stand abzugeben.

Joana schob ihre Schale über den Tresen und sah auf ihre Armbanduhr. »Wir haben noch über eine Stunde bis zur Probe«, stellte sie fest. »Wollen wir noch ein bisschen an den Verkaufsständen entlangbummeln?«

»Klar, warum nicht?« Tim zwinkerte. »Du willst bestimmt gleich zum Origamitisch, oder?«

Joana grinste. »Klar!« Sie sah die drei !!! an. »Habt ihr auch Lust auf einen Bummel?«

»Mhm«, machte Franzi und nickte. »Außerdem dürfen wir dich nicht aus den Augen lassen. Wir sind schließlich als verdeckte Ermittler unterwegs!«

»Und haben vorhin versagt«, murmelte Kim.

Joana schüttelte den Kopf. »Sag das nicht! Schließlich hat keiner etwas gesehen, obwohl so viele aus meiner Gruppe um mich herum waren!« Sie schluckte schwer. »Ich hoffe sehr, dass die Sache jetzt endlich vorbei ist.«

»Das hoffe ich allerdings auch«, murmelte Marie.

Zwei Mädchen und ein Junge aus der Fantasygruppe schlossen sich ihnen zum Bummel an. Die anderen entschieden, in den Gaming-Saal zu gehen und ein paar Fantasyspiele auszuprobieren.

»Okay!«, sagte Tim. »Wir treffen uns nachher in Saal 3, dort ist die Bühne aufgebaut!«

Sie schlenderten los und ließen sich durch die Menge der bunt verkleideten Menschen treiben. Als sie an einem Verkaufstisch mit Weltraum-Utensilien vorbeikamen, sah Marie den Manga-Jungen wieder. Er betrachtete einen silbrig glänzenden Raumanzug. Als er kurz den Kopf hob und in ihre Richtung zu blicken schien, winkte Marie und lächelte. Der Junge zeigte jedoch keine Reaktion. Er wandte sich wieder dem Raumanzug zu und befühlte den Stoff.

Marie zog die Augenbrauen hoch. »Dann eben nicht!«, murmelte sie und folgte den anderen. Sie waren noch nicht weit gekommen. Gleich am übernächsten Stand gab es japanische Accessoires und eines der Mädchen verhandelte mit dem Verkäufer den Preis eines filigranen Fächers. Die drei !!! beobachteten währenddessen aufmerksam die Umgebung. Aber sie konnten weder Svea und Alexa noch eine andere verdächtig aussehende Person entdecken.

Es dauerte eine ganze Weile, bis die Gruppe den Origamistand erreicht hatte. Dort angekommen, fing Joana sofort ein angeregtes Gespräch mit der Betreiberin an. Während sie sich unterhielt, behielten die drei !!! weiterhin aufmerksam die Umgebung im Auge. Tim und seine Freunde von der Showgruppe schlenderten ein Stück weiter und stöberten an einem Stand mit Filmpostern.

Marie trat neben Joana und lauschte. Die nette Standbetreiberin erklärte ihr gerade, wie der Frosch zu falten war. Plötzlich bemerkte Marie, dass Joana auffällig blass war. Im nächsten Moment fasste sich das Mädchen an den Bauch und winkte der Origamiverkäuferin entschuldigend zu. »Tut mir leid! Ich glaube, ich muss mal ganz schnell wohin!« Sie sah sich panisch um. Nachdem sie das Schild, das zu den Toi-

letten wies, entdeckt hatte, eilte sie mit wehendem Kleid davon.
Marie sah ihr irritiert nach. Auch Tim hatte bemerkt, dass etwas mit seiner Freundin nicht stimmte. Er kam zu Marie. »Was ist denn los?«, wollte er wissen.
»Ich weiß nicht«, sagte Marie. »Ich glaube, Joana ist es auf einmal schlecht geworden!«
Tim schaute besorgt. Er und Marie warteten einige Minuten. Als Joana danach immer noch nicht wieder da war, sagte Tim: »Ich glaube, ich sehe mal nach ihr!«
»Warte«, antwortete Marie. »Ich komme mit, du kannst doch nicht so einfach in die Damentoilette reingehen.«
Tim schlug sich die Hand vor die Stirn. »Danke, daran hab ich gar nicht gedacht!«
Sie liefen rasch zu den Toiletten. Marie riss die Tür zum Vorraum auf und sah hinein.
Joana stütze sich an einem der Waschbecken ab und hatte die Augen geschlossen. Sie sah sehr blass aus.
»Was ist los?«, rief Marie. »Geht es dir nicht gut?«
Joana nickte. »Das kann man wohl sagen. Mir ist total schlecht! Ich habe mich gerade übergeben. Und jetzt –«, sie warf Marie einen entschuldigenden Blick zu, »muss ich grad noch mal verschwinden.« Sie stürzte zu einer Toilettenkabine hinüber.
Marie biss sich auf die Unterlippe. Joana schien es richtig mies zu gehen!
Aber einige Zeit später tauchte sie wieder auf. »Ich weiß nicht, was los ist!«, keuchte sie. »Vielleicht habe ich die Suppe nicht vertragen.« Sie drehte den Wasserhahn auf, beugte sich über das Waschbecken und schaufelte sich Wasser ins Gesicht. Schließlich richtete sie sich wieder auf und drehte das Wasser ab.

Marie riss ein paar Papierhandtücher aus dem Spender heraus und reichte sie Joana. Sie trocknete sich das Gesicht ab und blickte in den Spiegel. »Jetzt ist die ganze Schminke verschmiert!«

Marie half Joana, die Spuren ihres Augen-Make-ups zu entfernen. Es half leider nicht viel.

»Ich sehe ja fürchterlich aus«, erschrak sich Joana. Sie schlug die Hände vors Gesicht. »Und ich fühle mich auch so.«

»Ist dir denn immer noch schlecht?«, fragte Marie.

Joana schüttelte den Kopf. »Es ist nicht mehr ganz so schlimm. Aber ich bin total wacklig.«

»Wir gehen mal ein paar Schritte an die frische Luft«, schlug Marie vor. »Das tut dir bestimmt gut!«

»Ja«, antwortete Joana mit schwacher Stimme. »Lass uns rausgehen.«

Draußen lief Tim nervös auf und ab. Als er Joana und Marie sah, atmete er auf. »Endlich! Wie geht es dir, Joana?« Er betrachtete ihr blasses Gesicht. »Puh, die Frage war wohl überflüssig.«

»Mir ist echt nicht gut«, murmelte Joana.

»Sollen wir zum Arzt gehen?«, fragte Tim besorgt.

»Nein!«, sagte Joana. »Die Probe beginnt doch in einer Stunde!«

Marie runzelte die Stirn. »Bist du sicher, dass du daran teilnehmen kannst?«

Joana riss die Augen auf. »Ich muss! Die Jurymitglieder und viele Fans sind bei der Probe dabei. Der Eindruck, den sie heute bekommen, fließt morgen in die Gesamtbewertung mit ein. Und wenn ein Character aus der Gruppe fehlt, ist die ganze Choreografie hinüber!« Joana schwankte leicht.

Sofort legte Tim einen Arm um sie und stützte sie. »Du gehst auf keinen Fall zur Probe, sondern legst dich zu Hause hin! Wir müssen nicht den ersten Platz machen!«

Joana legte den Kopf auf Tims Schulter und schloss die Augen. »Aber wir haben so lange auf alles hingearbeitet.«

Eine Weile schwiegen alle drei. Dann öffnete Joana plötzlich die Augen und hob den Kopf. »Ich habe eine Idee!«, sagte sie. »Marie, du musst mich bei der Probe vertreten!«

»Wie bitte?«, rief Marie überrascht.

»Du vertrittst mich bei der Probe!«, wiederholte Joana. Sie strich über ihren schimmernden Rock. »Du ziehst dir jetzt gleich mein Kostüm an und ich erkläre dir meinen Part in der Choreografie. Du nimmst doch Schauspielunterricht und kannst tanzen. Unsere kurze Szene schaffst du locker!«

»Ich bin mir da nicht so sicher«, murmelte Marie.

»Bitte!«, rief Joana. »Wenn ich weiß, dass jemand für mich einspringt, kann ich mich beruhigt zu Hause hinlegen und auskurieren. Dann bin ich morgen wieder fit und kann am Contest teilnehmen.«

»Ich finde die Idee sehr gut«, sagte Tim sofort. Er sah Marie flehend an. »Es wäre großartig, wenn du mitmachen würdest!«

Marie seufzte. »Ihr könnt mir die Choreografie ja mal erklären. Dann sehe ich, ob ich das schaffe.«

Knapp eine halbe Stunde später stand Marie vor dem Spiegel im Vorraum der Toiletten. Sie betrachtete die gebauschten Ärmel aus schimmernder Seide, die sich um ihre Arme schmiegten. Joanas Kostüm war wirklich wunderschön.

Joana reichte ihr das Haarband mit den angenähten Twistzöpfchen.

»Das Kleid steht dir ganz toll«, sagte Joana. Sie trug jetzt Maries Elfenoutfit und das satte Pink der Seidenbluse ließ ihr Gesicht noch blasser erscheinen, als es ohnehin schon war.
»Danke. Ich finde aber, dass es bei dir noch viel besser aussieht.« Marie zog vorsichtig ihre Elfenohren ab und legte sie in ihre Tasche. Dann stülpte sie sich das Haarband über und zupfte die Zöpfchen daran zurecht. Sie drehte sich zu Joana um und lächelte sie an. »Aber ich muss heute nicht perfekt sein. Hauptsache, die oberste Regenbogenelfe spielt ihren Part in *Dancing with the Dragon*!«
»Du *bist* perfekt!«, sagte Joana. »Ich habe bisher noch keinen erlebt, der eine Choreo so schnell draufhatte wie du!«
»Danke!«, antwortete Marie. »Ich hoffe, ich vergesse auf der Bühne nicht alles wieder.«
Joana schüttelte den Kopf. »Bestimmt nicht!« Sie sah auf die Uhr. »Oder sollen wir alles noch mal durchgehen?«
»Nein, lass mal«, sagte Marie. »Deine Mutter holt dich doch gleich ab. Wir begleiten dich jetzt zum Ausgang.«
»Gut.« Joana schulterte ihre Tasche. »Ich bin froh, gleich ins Bett zu kommen.«
Tim hatte in der Zwischenzeit mit den anderen aus der Gruppe telefoniert und ihnen von der neuesten Entwicklung erzählt. Kim und Franzi waren sofort zu Joana, Tim und Marie gestoßen. Sie standen jetzt mit Tim zusammen vor den Toiletten und warteten auf die beiden Mädchen.
»Wie geht es dir?«, erkundigte sich Kim besorgt, als sie Joana herauskommen sah.
Joana seufzte. »Besser als vorhin, aber gut ist anders.«
»Du Arme!«, sagte Franzi und strich ihr mitfühlend über den Arm. »Aber du wirst sehen, alles wird gut.«

Sie begleiteten Joana bis vor den Kinokomplex, wo sie von ihrer Mutter in Empfang genommen wurde.
»Ich rufe später an!«, rief Joana und winkte. Dann stieg sie ins Auto ein.
Marie raffte den Rock des Kleides, der ihr ein kleines bisschen zu lang war, und eilte mit den anderen zurück zur *Fantasy-Convention.*
Der Kinosaal, in dem sich die Bühne für die Probe befand, war schon gut besetzt. Und immer mehr Fans strömten hinein. Kim und Franzi wünschten Marie viel Glück und stürzten sich in die Menge, um noch zwei Sitzplätze zu ergattern. Tim drängte sich weiter durch die Menge im Foyer und sah über die Schulter zu Marie zurück. »Wir müssen noch ein Stück weiter! Vorn links ist der Zugang zum Backstage-Bereich!« Er grinste. »Das ist eigentlich ein Technikraum. Aber die Veranstalter des Contests richten ihn immer richtig schön her. Es gibt sogar etwas zu essen und zu trinken!«
Marie nickte. »Super! Ich komm gleich nach, muss noch mal verschwinden!«
»Alles klar«, rief Tim zurück. »Bis gleich!«
Marie sah sich um und entdeckte eine Toilettentür in der Nähe des Kinoeingangs. Sie lief hin, zog die Tür auf und ging durch den Vorraum zu den Waschbecken. Vier Mädchen in Nixenkostümen packten dort gerade ihre Schminksachen ein und verließen den Raum nach wenigen Sekunden. »Tolles Kostüm!«, sagte eine von ihnen bewundernd, als sie an Marie vorbeilief.
»Danke!«, murmelte Marie gedankenverloren.
Dann klappte die Tür zu. Marie atmete auf und lauschte. Sie war allein. Endlich! Sie brauchte jetzt einfach ein paar Minuten für sich, um sich zu konzentrieren und runterzukommen. Außer-

dem hatte sie vorhin vergessen, ihre Augenbrauen zu betonen. Das wollte sie jetzt unbedingt nachholen. Sie zog den Augenbrauenstift aus ihrem Matchbeutel und begann konzentriert die Brauen nachzustricheln. Ein Geräusch an der Tür ließ Marie zusammenzucken. Sie rechnete mit der nächsten Mädchenclique, die kichernd hereinstürmen und herumalbern würde. Aber zum Glück blieb es still. Niemand kam.
Marie beugte sich wieder zum Spiegel vor und setzte vorsichtig den Stift an der Braue an.
Im selben Moment erlosch das Licht.

Kara, das Karatekaninchen

Hier kommt das süße Maskottchen, das Joana gewonnen hat: Kara, das Karatekaninchen. Es sieht niedlich aus – ist aber gleichzeitig stark und wehrhaft und kann mit seinen Ohren vernichtende Karateschläge austeilen!
Kara ist der ultimative Glücksbringer für dich und deine Freundinnen!

DU BRAUCHST ...

- zwei verschiedenfarbige Stücke Filz, je ca. 20 cm × 20 cm, 1 mm dick
- bunten Stoffrest, ca. 4 cm × 35 cm ... und ...

DU BRAUCHST AUSSERDEM ...

- Schere, Nagelschere und evtl. Zickzackschere
- Schneiderkreide oder weichen Bleistift
- Stickgarn oder dickes, farbiges Nähgarn
- passende Nähnadel
- etwas lose Watte
- evtl. getrocknete Kräuter (Lavendel, Waldmeister oder Pfefferminz)
- Wackelaugen zum Aufkleben, ∅ 2 cm
- Textil- oder Alleskleber
- Minibommel oder hübschen Knopf, ∅ ca. 2 cm
- evtl. ein kleines Stück selbstklebendes Stoffband, gemustert oder einfarbig

1 Kopiere die Schnittvorlage oder pause sie durch ein dünnes Papier ab. Schneide die Vorlage anschließend aus und lege sie auf das erste Filzstück.

2 Umrande das Schnittmuster mit der Schneiderkreide oder dem Bleistift. Wiederhole das auch auf dem zweiten Filzstück und schneide dann beide Formen aus.

3 Lege die beiden Filzteile aufeinander und näh sie mit dem Stickgarn oder dem dicken Nähgarn zusammen. Dabei verwendest du den **Schlingstich**, den du schon vom Herz-Nadelkissen kennst (Seite 54). Du kannst einen Faden in der Farbe des Filzstoffs der Vorderseite wählen oder eine knallbunte Kontrastfarbe – ganz nach deinem Geschmack. Achtung: Näh nicht sofort alles fertig. Mach eine Pause, wenn an einer Seite des Bauchs noch ca. vier Zentimeter offen sind.

4 Durch diese Öffnung stopfst du vorsichtig etwas Watte in das Karatekaninchen. Nicht zu viel – die Figur soll nur ganz leicht gepolstert sein. Arme, Beine und Ohren bekommen keine Füllung. Du kannst einen Stift zu Hilfe nehmen, um die Watte in Kopf und Bauch des Kaninchens gut zu verteilen.

5 Wenn du möchtest, kannst du auch ein paar getrocknete und fein zerkrümelte Kräuter wie Lavendel, Waldmeister oder Pfefferminz unter die Watte mischen. Dann duftet dein Karatekaninchen himmlisch!

6 Näh jetzt den Rest des Kaninchens zu.

7 Klebe die beiden Wackelaugen mit etwas Textilkleber auf die Vorderseite.

Kims Tipp

Du kannst das Karatekaninchen in allen möglichen Größen nähen. Einfach das Schnittmuster aus dem Buch mit dem Kopierer verkleinern oder vergrößern und die Größe der Augen und der Nase entsprechend wählen. Viel Spaß!

8 Schneide aus dem selbstklebenden Stoffband mit der Nagelschere ein ganz kleines Miniherz als Nase aus – es sollte maximal 7 mm breit sein. Das ist Tüftelarbeit. Aber sie lohnt sich. Mit der Mininase sieht dein Karatekaninchen so richtig knuffig aus! Klebe das Herz knapp unter die Augen in die Mitte des Gesichts von Kara.
Wenn du kein selbstklebendes Stoffband hast, kannst du das Herz auch aus Filz ausschneiden und mit Textil- oder Alleskleber aufkleben.

9 Jetzt benötigt das Karatekaninchen noch ein Stirnband! Schneide am besten mit einer Zickzackschere aus dem Stoffrest ein 4 cm breites und ungefähr 30 cm langes Stück ab. Wenn du keine Zickzackschere hast, kannst du auch mit einer normalen Schere schneiden. Dann franst der Stoff zwar etwas aus, das ist aber nicht weiter schlimm.
Falte das Stoffstück an der Längsseite mittig, mit der »schönen« Seite nach außen, und streich oder bügle es glatt.

10 Binde das Band um Karas Ohren und verknote es an der Seite. Schneide die Enden ab, wenn sie zu lang sind. Näh das Band mit ein paar Stichen hinten am Kopf fest.

11 Nun nähst du noch den Knopf oder die Bommel als Schwänzchen auf Karas Rücken mit ein paar Stichen fest – ca. 1,5 cm vom unteren Rand des Rückens entfernt, genau in der Mitte.

Und fertig ist dein 1,2,3 – Power-Kaninchen!

Du kannst Kara als Glücksbringer für dich verwenden. Oder du verschenkst sie an jemanden, der gerade viel Power und Mut braucht!

Angriff in der Dunkelheit

Schlagartig war es stockfinster. Marie erstarrte. Sie riss die Augen auf und versuchte etwas zu erkennen. Aber die Dunkelheit in dem fensterlosen Raum war undurchdringlich. Eine feine Gänsehaut kroch Marie den Rücken hinunter. War da ein Scharren gewesen? Sie lauschte angestrengt. Nein, da war nichts. Nur das Tropfen eines undichten Wasserhahns hallte von den Wänden wider. Marie kämpfte gegen die aufsteigende Panik an. Ihr Herz pochte schnell. Sie versuchte, langsam ein- und auszuatmen und sich zu beruhigen. Das war bestimmt nur ein kurzer Stromausfall, der gleich behoben wurde!

Die Zeit verstrich. Aber nichts tat sich. Es blieb stockdunkel. Marie musste zur Tür gelangen! Langsam tastete sie sich an den Waschbecken entlang und versuchte sich zu orientieren. Wo war bloß der Ausgang? Sie brauchte Licht! In dem Moment fiel ihr das Smartphone ein. Dass sie daran nicht sofort gedacht hatte! Hastig kramte Marie in ihrem Matchbeutel. Wo war das verdammte Ding? Endlich ertastete sie die kühle, glatte Oberfläche ihres Smartphones. Im nächsten Moment kreischte eine laute Stimme von irgendwoher: »Hau ab!« Marie ging vor Schreck in die Knie und ließ ihre Tasche fallen. Sie legte die Hände schützend über den Kopf, weil sie in jedem Moment einen Angriff irgendwo aus der Dunkelheit heraus erwartete.

Einige Sekunden verstrichen. Plötzlich blitzte ein Lichtschein auf und eine Tür schlug zu. Dann herrschte wieder Stille. Marie wartete einen Moment und lauschte ängstlich. Nichts passierte.

Sie nahm ihren ganzen Mut zusammen und zog das Handy aus der Tasche. Das Licht des Displays erhellte einen Teil des Raums. Marie rappelte sich auf und sah sich um. Hier war niemand. Sie tastete sich vorsichtig in Richtung des Durchgangs, der zum Vorraum führt. Lauerte dort jemand auf sie?
Marie packte ihren Matchbeutel fester, um ihn einem eventuellen Angreifer entgegenschleudern zu können. Mit pochendem Herzen schlich sie weiter. Das Handylicht erfasste den Vorraum, an seinem Ende lag die Ausgangstür! Marie raffte ihren Rock und rannte darauf zu. Mit einem Ruck riss sie die Tür auf. Sofort musste sie geblendet die Augen zukneifen.
Schemenhaft erkannte sie ein paar Leute, die in einiger Entfernung standen und sie erschrocken ansahen.
»Alles in Ordnung bei dir?«, rief eines der Mädchen. »Was hast du da drin gemacht? Die Toiletten sind doch kaputt!«
»Wie bitte?« Marie war verwirrt. Dann bemerkte sie ein Plastikschild, das an der Türklinke hing. »Defekt!«, stand in schwarzer Druckschrift darauf. Marie schüttelte fassungslos den Kopf. Das Schild war definitiv vorher nicht da gewesen. Jemand musste es an den Griff gehängt haben, während sie sich im Waschraum befunden hatte. Und dieser Jemand hatte wahrscheinlich auch das Licht ausgeschaltet und Marie in Angst und Schrecken versetzt! Sie suchte nach dem Schalter und fand ihn in einiger Entfernung von der Tür. Als sie die Taste drückte, flammten die Lampen an der Decke des Vorraums und des Waschraums auf. Wütend schlug Marie gegen den Türrahmen. Jemand hatte ihr gerade einen ganz üblen Streich gespielt!
Plötzlich fiel Marie siedend heiß ein, dass sie ja zur Probe musste. Sie sah auf die große Uhr im Foyer. In zehn Minuten war Joanas Gruppe dran! Sie rannte los.

Tim wartete mit nervösem Gesichtsausdruck vor dem Zugang zum Backstage-Bereich. Als Marie angehetzt kam, atmete er erleichtert auf. »Ich dachte schon, du hast dich verlaufen und findest uns nicht mehr.«

»Nein.« Marie schüttelte den Kopf. »Ich hatte nur ein ziemlich unangenehmes Erlebnis.«

»Wie bitte?«, fragte Tim erschrocken. »Was ist passiert?«

Marie erzählte in kurzen Worten von dem Vorfall.

Tim war entsetzt. »Wie gemein ist das denn!«, rief er. »Ich wäre gestorben vor Angst!«

»Ja«, seufzte Marie. »Auf das Erlebnis hätte ich verzichten können!« Sie straffte die Schultern. »Aber ich lasse mich nicht so leicht einschüchtern! Komm, wir müssen gleich auf die Bühne!«

»Respekt!« Tim schlug Marie anerkennend auf die Schulter. »Du bist echt mutig!«

Marie nickte zögerlich. Ihr zitterten immer noch die Knie. Aber sie wollte stark sein! Irgendjemand hatte eben versucht, sie von der Probe fernzuhalten. Irgendjemand wollte Tims und Joanas Gruppe schaden.

Und das würde sie nicht zulassen! Marie atmete tief durch und zog energisch die Tür zum Backstage-Bereich auf.

Sofort wurde sie von der knisternden, konzentrierten Atmosphäre, die in dem großen Raum herrschte, eingenommen. Weit über sechzig fantastisch gekleidete Mädchen und Jungen warteten auf ihren Probeauftritt. Einige standen in Gruppen zusammen und besprachen letzte Details ihrer Show, andere saßen in weichen Loungesesseln und studierten ihre Textzettel.

Marie wurde von Tims Gruppe herzlich begrüßt.

»Es ist toll, dass du für Joana einspringst!«, sagte das Mädchen, das den Dämoninnen-Character spielte.
»Ja! Danke!«, rief der Junge mit dem Regenbogenfaun-Kostüm.
»Mach ich gern«, antwortete Marie. Ihr Herz klopfte vor Aufregung ganz wild.
Tim lief einige Schritte zu einer großen Tasche, die an der Wand lehnte. Er zog etwas daraus hervor und kam zu Marie zurück. »Hier ist noch das magische Tuch für den Drachen«, sagte er.
Marie nahm den gefalteten Stoff entgegen. Die Figur des Drachen wurde in ihrer Show als Schatten auf eine Leinwand geworfen. Sie würde das Tuch am Ende darüberhängen und so den endgültigen Tod der Bestie darstellen.
Marie entfaltete ein Stück des Stoffs. Verschlungene goldene Ranken zogen sich darüber. »Wow!«, rief sie. »Das sieht ja toll aus! Wo habt ihr den denn her?«
»Selbst gemacht!«, sagte Tim stolz. »Wir haben das Muster einfach draufgedruckt. Mit Schablonen, Stempeln und goldener Textilfarbe.«
»Ihr seid ja genial!«, rief Marie.
»Danke, danke!« Tim deutete eine Verbeugung an. »Und jetzt legen wir noch eine geniale Probe hin!« Er sah auf die Uhr. »Wir müssten jede Minute aufgerufen werden!«

Detektivtagebuch von Kim Jülich
Samstag, 22:56 Uhr
Wir sind immer noch nicht entscheidend vorangekommen. Im Gegenteil: Heute sind Joana schon wieder richtig fiese Sachen passiert! Ich fürchte sogar, dass jemand versucht hat, sie zu ver-

giften! Joana wurde es heute Nachmittag plötzlich ganz schlecht. Es könnte sein, dass ihr jemand beim Nudelsuppenschlürfwettbewerb etwas in die Suppe getan hat. Wobei ich mich frage, wann das passiert sein könnte. Jeder hat seine Schüssel selbst abgeholt und zum Tisch getragen. Joana saß am Tischende neben mir. Ich hätte es doch gesehen, wenn einer vom Tisch etwas mit der Schüssel gemacht hätte. Echt rätselhaft! Jedenfalls wurde es so schlimm, dass Marie für Joana bei der Show-Probe einspringen musste! (Das gehört jetzt nicht unbedingt hierher, aber ich muss es trotzdem aufschreiben: Dank Maries Einsatz ist die Probe von Joanas und Tims Kostümgruppe ein voller Erfolg gewesen. Es war wirklich der Hammer! Marie hat gewirkt, als wäre sie schon eine Ewigkeit in der Gruppe. Sie ist einfach eine tolle Schauspielerin. Und die Kostüme und die Show der Gruppe sind auch super. Ich hoffe, sie gewinnen den Contest!)
Zum Glück gab es bei der Probe heute keinen Zwischenfall mehr! Außerdem geht es Joana jetzt schon wieder besser. Sie hat vorhin bei Marie angerufen und gesagt, dass sie morgen am Kostümwettbewerb teilnehmen kann. Wir müssen morgen sehr, sehr gut auf Joana aufpassen. Und auf Marie wohl auch. Sie hat es nämlich heute ebenfalls getroffen: Als sie in einem Toilettenraum war, hat jemand das Licht ausgemacht und sie im Dunkeln bedroht! Es könnte gut sein, dass derjenige Marie mit Joana verwechselt hat, weil sie das Kostüm getragen hat. Womöglich aber war tatsächlich Marie gemeint? Wer weiß?
Wie auch immer. Wir müssen morgen total aufmerksam sein! Es darf nicht wieder vorkommen, dass, quasi vor unseren Augen, gemeine und sogar gefährliche Dinge geschehen!!!
Wir haben nach der Probe mit Tims und Joanas Freunden aus ihrer Showgruppe gesprochen und ihnen alles erzählt. Sie waren

total entsetzt! Keiner hat eine Idee, wer für die ganzen Gemeinheiten verantwortlich sein könnte. Aber alle werden jetzt aufpassen!!! Wir haben ja Svea und Alexa in Verdacht gehabt und wollten die beiden vor der Probe zur Rede stellen. In der Aufregung um Joana haben wir das ganz vergessen. Vielleicht war das sogar besser so. Mittlerweile sind wir uns nämlich nicht mehr so sicher, ob sie wirklich etwas damit zu tun haben. Sie waren zwar in der Nähe, als Joanas Kleid geklaut und ihre Sachen für die Auktion kaputt gemacht wurden. Aber beim Wettessen habe ich sie definitiv nicht gesehen. Und für den letzten Zwischenfall können sie auch nicht verantwortlich sein. In der Zeit, als Marie auf der Toilette attackiert worden ist, waren die beiden nämlich mit ihrer Gruppe auf der Probebühne. Franzi und ich saßen im Zuschauerraum und haben sie eindeutig gesehen.

Wie gesagt, wir können morgen auf der FanCon *nichts anderes tun, als richtig gut aufzupassen!!! Hoffentlich erwischen wir den Täter/die Täterin endlich!!!*

Stoffe bedrucken

Hier kommt der ultimative Tipp, wie du einfarbige Stofftaschen oder T-Shirts im Handumdrehen zu coolen Einzelstücken machen kannst: Bedrucke den Stoff mit Polka Dots, zaubere ein farbiges Spitzenmuster darauf oder denk dir eigene Muster und Motive aus!

DU BRAUCHST ...

- Stofffarbe
- flache Pinsel
- Moosgummi
- Schere, evtl. Nagelschere zum sauberen Schneiden runder Linien
- Alleskleber
- alte Bauklötzchen, Holzklötzchen oder stabile Pappschachteln
- runde Flaschenkorken
- selbstklebende Filzgleiter für Stuhlbeine (Baumarkt)
- Tortendeckchen aus Papier
- Kreppklebeband

Lege die Tasche oder das T-Shirt glatt vor dich auf den Tisch. Schiebe eine Zeitung oder Pappe zwischen Vorder- und Rückseite, damit die Stofffarbe nicht durchdrückt.

Polka Dots

Klebe einen Filzgleiter auf den Kork und bestreiche die Fläche gut mit Stofffarbe. Mache eventuell einen Probedruck auf einem Stück alten Stoffs. Wie fest oder leicht musst du drücken, damit der Punkt schön regelmäßig wird? Dann kannst du loslegen: Drücke den eingefärbten Stempel auf das T-Shirt oder die Tasche. Bestreiche deinen Stempel erneut mit Farbe und drücke ihn an weiteren Stellen auf den Stoff, bis die gesamte Tasche oder das ganze T-Shirt mit einem Punktemuster übersät ist. Lass die Farbe gut trocknen und behandle anschließend den Stoff nach der Gebrauchsanweisung, die der Stofffarbe beigelegt ist.

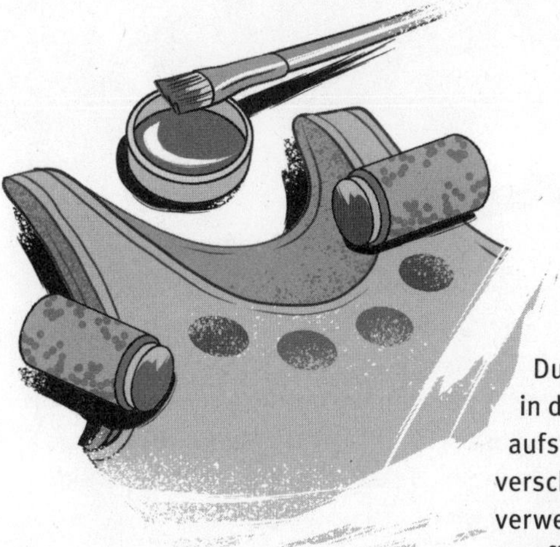

Du kannst alle Punkte in derselben Farbe aufstempeln oder verschiedene Farben verwenden. Dann empfiehlt es sich, für jede Farbe einen eigenen Stempel zu basteln.

Moosgummi-Stempel

Übertrage die Muster von S. 123 auf Transparentpapier und schneide sie aus. Lege die Muster auf eine Moosgummiplatte, umfahre sie mit einem Bleistift und schneide sie aus dem Moosgummi aus. Jetzt klebst du die Motive auf Holzklötzchen oder kleine Pappschachteln. Mit Stofffarbe einstreichen und losdrucken!

Du kannst dir natürlich alle möglichen Motive selbst ausdenken. Sie sollten nur nicht zu viele Details haben, da das Ausschneiden sonst sehr schwierig wird.

Spitzenmuster

Lege das Papiertortendeckchen auf die Stelle des Stoffes, an der du das Spitzenmuster haben möchtest (z. B. rund um den T-Shirt-Kragen). Streiche das Deckchen möglichst glatt und fixiere es mit etwas Kreppband an den äußeren Seiten. Nimm nun ausreichend Stofffarbe mit dem Pinsel auf und tupfe vorsichtig über das Papierdeckchen. Die Farbe wird nur an den Stellen auf den Stoff übertragen, an denen das Muster aus dem Deckchen ausgeschnitten ist. Am besten probierst du vorher auf einem alten Stück Stoff aus, wie fest und sorgfältig du tupfen musst, damit sich das Spitzenmuster gut überträgt. Pass dabei gut auf, dass du nicht über den Rand hinauskommst.

Eine **Alternative** ist Stofffarbe, die man aufsprühen kann. Damit geht es noch etwas leichter.

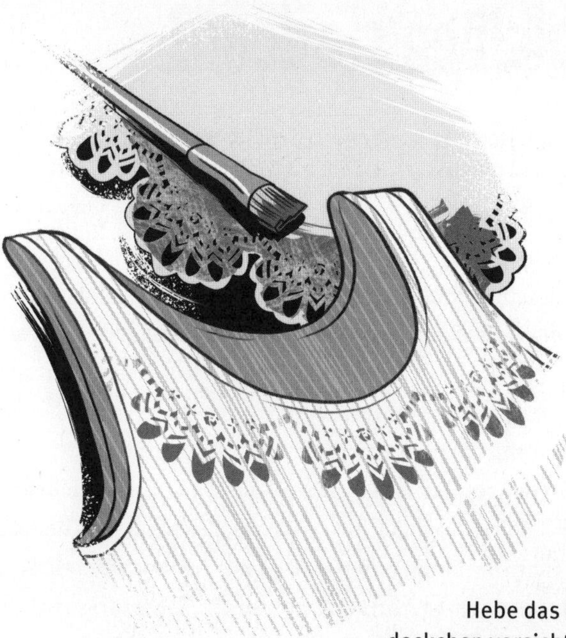

Hebe das Papierdeckchen vorsichtig ab – und fertig ist ein feines Spitzenmuster in deiner Lieblingsfarbe. Mit etwas Gefühl kann man tolle Effekte erzielen!

Maries Tipp

Du kannst natürlich auch einen einfarbigen Stoff bedrucken und daraus zum Beispiel einen Shopper (siehe S. 135) oder ein Haarband (siehe S. 79) nähen. So kannst du für dich und deine Freundinnen individuelle Accessoires, die nur ihr habt, ganz leicht selbst machen!

Wo bleiben sie denn?

Marie sah sich unauffällig um. Sie trug Joanas Feenkostüm und stand mit Kim und Franzi in der Nähe des Saals, in dem in einer Stunde der Contest stattfinden sollte. Joana hatte mit Marie ausgemacht, dass sie beide einfach im Kostüm der anderen auf die *FanCon* kommen würden, um es dann schnell auf der Toilette zu tauschen. Somit mussten sie keine Wechselkleider mit sich herumtragen. Ein weiterer Vorteil war, dass Marie, zumindest für einige Zeit, als Lockvogel dienen konnte. Vielleicht würde der Täter oder die Täterin wieder zuschlagen? Kim und Franzi hatten die Umgebung sehr genau beobachtet. Bislang aber hatten sie nichts Auffälliges entdeckt. Allerdings war es ziemlich voll und unübersichtlich. Es waren noch viel mehr Leute als gestern unterwegs.

»Da sind sie!«, rief Franzi plötzlich und winkte.

Tim und Joana kamen Arm in Arm auf die drei !!! zu. Joana hatte leichte Schatten unter den Augen, insgesamt aber schien es ihr wieder gut zu gehen. Sie lächelte die drei Mädchen an. »Danke, dass ihr heute noch mal gekommen seid!«

»Das war doch klar!«, rief Kim sofort. »Wir müssen dir helfen. Wir geben nicht auf, bevor wir diesen Fall gelöst haben!«

Marie nickte. »Genau. Wir werden heute sehr gut aufpassen!«

Joana zupfte nervös an ihrem Elfenrock. »Ich hoffe, dass jetzt einfach nichts mehr geschieht! Ich denke einfach nicht daran. Das Wichtigste ist jetzt der Wettbewerb!« Sie sah auf die Uhr

und dann zu Marie. »Können wir die Kleider jetzt schon mal tauschen?«
»Ja, klar«, sagte Marie.
»Und wir kommen mit und passen auf«, sagte Kim bestimmt.
Zum Glück kam es zu keinem weiteren Vorfall, während Marie und Joana sich im Toilettenvorraum umzogen.
»Fertig!«, sagte Joana, als sie das Haarband richtig positioniert hatte. »Es kann losgehen!«
Franzi sprang vom Fensterbrett und gab Joana ihre Stofftasche zurück, die sie für sie gehalten hatte. »Ihr werdet gewinnen«, rief sie. »Und, ich muss es immer wieder sagen: Du siehst spitze aus in deinem Kostüm!«
»Das kann man nicht oft genug sagen«, stimmte Marie zu. »Du siehst perfekt aus! Hast du übrigens eine neue Tasche? Die passt ja richtig gut zum Stoff deines Kleids!«
»Ja!« Joana strich über den samtig schimmernden Stoff der Tasche und hängte sie sich um. »Ich hab sie gestern Nacht noch genäht, als ich nicht einschlafen konnte.«
»Was?«, rief Marie. »Das muss doch ewig gedauert haben! Hast du überhaupt noch geschlafen?«
Joana nickte lachend. »Na klar! Die Tasche ist superschnell zu machen. Ich habe einen alten Kissenbezug ein bisschen umgeändert. Das geht mindestens so schnell wie Tessas Easy-Shopper von der Nähparty.«
»Echt?«, fragte Franzi. »Das musst du mir demnächst mal erklären!«
»Mach ich gerne!«, antwortete Joana. »Aber jetzt geht es erst mal auf den Contest!« Sie warf einen kurzen Blick in den Spiegel und nickte zufrieden. »Ich bin bereit!«

Zwei Stunden später standen Joana und Tim mit ihrer Gruppe auf der Bühne und ernteten tosenden Beifall. Auch die drei !!! klatschten wie verrückt.
»Das war klar!«, rief Kim begeistert. »Sie waren die Besten! Sie mussten einfach den ersten Preis gewinnen!«
Marie strahlte. »Ich freue mich so für Joana und die anderen!«
»Und es ist nichts passiert!«, fügte Franzi hinzu. »Wenn tatsächlich jemand Joana und ihrer Gruppe schaden wollte, ist ihm das nicht gelungen.«
Die drei !!! klatschten sich ab.
»Kommt, wir gratulieren ihnen!«, sagte Marie und stand auf. »Sie kommen bestimmt gleich beim Backstage-Eingang heraus.«
Sie drängten sich ins Foyer durch und liefen zum hinteren Bühneneingang. Tatsächlich kamen dort gerade die Teilnehmer des Contests heraus. Joana und Tim stürmten den drei !!! entgegen.
Joana fiel Marie um den Hals. »Ist das nicht der Wahnsinn!«, rief sie. »Es hat doch noch alles geklappt!«
Marie strahlte Joana an. »Glückwunsch! Ihr wart einfach toll!«
Aus dem Augenwinkel sah Marie, dass Alexa auf sie zukam. Das Mädchen grüßte die drei !!! freundlich und gratulierte Tim und Joana. »Ihr wart echt gut! Einfach besser als wir. Aber den zweiten Platz finde ich auch super.«
Joana nickte. »Das Foto-Shooting macht ihr dann ja auch mit.«
»Ja«, sagte Alexa. »Finde ich echt supernett vom Veranstalter, dass auch die Gruppe mit dem zweiten Platz dabei sein darf.«
Svea erschien ebenfalls und schüttelte Joana und Tim begeistert die Hand. »Glückwunsch!«, rief sie grinsend.
»Bis nachher im Park!«

Tim bemerkte Maries fragenden Blick. »Wir haben Gutscheine für einen Fantasy-Laden und ein Foto-Shooting gewonnen«, erzählte er. »Das Shooting findet am Nachmittag im Jakobipark statt. Da gibt es doch so ein kleines Schlösschen mit einem Teich davor. Das wird bestimmt super!« Tim strahlte vor Freude.

»Das werden traumhafte Bilder«, schwärmte Joana.

»Kann ich mir richtig gut vorstellen!«, antwortete Marie. Sie sah das Paar schon vor sich, wie es am Teich saß, den fließenden Rock von Joanas Kostüm um sich drapiert wie eine riesengroße Lotusblüte, auf der die Tautropfen glitzerten. Im Hintergrund das kleine Schlösschen mit seinen vielen Erkern, Türmchen und dem geschwungenen Balkon, auf dem die anderen Mitglieder der Gruppe standen und Rosenblüten regnen ließen, die sanft …

Maries Träumerei wurde jäh durch Franzis Stimme unterbrochen: »He! Was ist jetzt? Hast du auch Hunger?«

Marie zuckte zusammen. »Ähm, ja«, sagte sie. »Klar!«

»Dann komm!« Franzi zog an Maries Oberteil. »Die anderen wollen alle zum Sushi-Stand!«

Sie drängten sich bis zum großen Saal vor und ließen sich mit der Menschenmenge treiben. Als der Origamitisch in Sicht kam, rief Joana: »Das hätte ich beinahe vergessen! Ich muss da noch mal hin. Ich will doch unbedingt wissen, wie der Frosch gefaltet wird.«

»Alles klar!«, sagte Tim. »Ich muss jetzt aber sofort etwas essen. Ich verhungere!«

»Dann geht ihr doch schon mal vor«, sagte Joana. »Ich komm dann nach.«

»Ist gut!« Tim gab Joana einen Kuss. »Bis gleich!«.

Die drei !!! begleiteten Joana zum Origamistand. Die nette

Dame erkannte Joana gleich wieder. »Das Mädchen mit dem Traumkostüm! Geht es dir wieder gut?«, fragte sie lächelnd.
Joana nickte. »Ja! Wieder alles in Ordnung!«
»Das freut mich!« Die Standbetreiberin zeigte auf den Frosch. »Soll ich dir die Faltung noch mal erklären?«
»Au ja!«, rief Joana. »Das wäre toll!«
Fasziniert sahen die drei !!! zu, während die Frau begann, das Papier zu falten. Einige Minuten später überreichte sie Joana den fertigen Frosch.
Joana bedankte sich herzlich und kaufte noch einige Bögen Origamipapier. Sie verstaute alles vorsichtig in ihrer Tasche. »Dann können wir jetzt los!«
Als sie am Sushi-Stand ankamen, war Tim nicht zu sehen.
»Er ist mit Simon unterwegs verloren gegangen«, sagte ein Junge achselzuckend. Er grinste. »Die beiden sind in absoluter Feierlaune. Ich hab Tim noch nie so albern gesehen!«
Joana lächelte. »Er ist eben total glücklich, dass wir das Foto-Shooting gewonnen haben. Er will die Bilder für seine Bewerbungsmappe verwenden.«
»Hallo, Leute!«, ertönte es plötzlich schräg hinter Marie. Sie drehte sich um und sah einen breit grinsenden Tim dastehen. Er hatte die Hände hinter dem Rücken verborgen und lief zu Joana. Als er vor ihr stand, riss er die Arme nach vorn und präsentierte ein dickes Buch und eine große Plüschfigur. »Für dich!«
Joana stieß einen spitzen Schrei aus. »Wie süß von dir!« Sie nahm den dicken Fantasyschmöker und das Maskottchen entgegen. Dabei rutschte die Tasche von ihrer Schulter und fiel zu Boden. Joana bemerkte es gar nicht, so aufgeregt war sie. »Mensch, das war doch bestimmt total teuer!«

Tim zuckte mit den Schultern. »Ist doch egal! Das ist zur Feier des Tages!« Er umfasste Joana und hob sie hoch. Joana quietschte auf und fuchtelte wild mit den Armen. Marie nahm ihr lachend das Buch und die Figur ab. Jetzt konnte Joana Tim ungestört umarmen. Er begann sich übermütig im Kreis zu drehen und sie herumzuwirbeln. Marie schob das Buch und das Plüschtier in Joanas Tasche und hängte sie sich immer noch lachend um.

»Liebe ist was Tolles!«, rief einer der Jungen. »Aber jetzt kommt endlich her und setzt euch. Wir haben die XXL-Platte bestellt! Noch ist was da ...« Er nahm sich eines der appetitlichen Röllchen, steckte es sich genüsslich in den Mund und nuschelte: »Aber nicht mehr lange!«

Joana zappelte mit den Beinen. »Tim, die essen uns alles weg!«, witzelte sie.

»Das können wir nicht zulassen!«, rief Tim und ließ Joana wieder auf den Boden runter. »Komm!« Er zog sie zur Bank und sie quetschten sich zu den anderen dazu. Auch die drei !!! nahmen Platz. Marie legte ihren Matchbeutel und Joanas Tasche unter den Tisch. »Deine Tasche ist bei mir!«, rief sie Joana zu.

Die Sushi-Platte war schnell geleert und Tim sammelte von den anderen das Geld für eine weitere ein. Er war total aufgedreht und lachte und scherzte mit allen. Als das letzte Röllchen der zweiten Platte vertilgt war, sprang Tim auf. »Und jetzt gebe ich eine Runde *Matcha-Latte* aus! Kommt!« Er nahm Joanas Hand und gab ihr einen Kuss darauf. Sie kicherte und sprang ebenfalls auf. Hand in Hand verließen sie den Stand und tauchten in der bunten Menge unter.

»Meine Güte, ist Tim heute anstrengend!«, entfuhr es Kim,

die gerade überlegt hatte, noch einen kleinen Teller der überaus leckeren Avocado-Reis-Rollen zu holen. Sie wischte sich schnell den Mund mit einer Serviette ab und stand auf.
Einer der Jungs aus der Gruppe grinste. »Kein Stress! Lassen wir den beiden einen Vorsprung. Dann haben sie etwas Zeit für sich.«
»Tim kommt bestimmt gleich zurück!«, sagte eines der Mädchen. Sie hob ein Smartphone vom Tisch auf. »Das hat er liegen lassen.«
Marie fiel die Tasche unter dem Tisch ein. Auch Joana war so aufgedreht, dass sie wohl alles um sich herum vergaß. Marie grinste in sich hinein.
Sie warteten ein paar Minuten, aber Tim und Joana kamen nicht zurück.
»Dann tragen wir ihm das Handy eben hinterher«, sagte das Mädchen. »Weiß einer, wo es den Matcha-Tee gibt?«
»Wir sind vorhin an einem Stand in Form einer riesigen Teekanne vorbeigekommen«, sagte Marie. »Vielleicht gibt es den Tee dort?«
»Bestimmt!«, sagte das Mädchen und steckte Tims Handy ein. »Dann lasst uns da mal hingehen.«

»Hier sind sie aber nicht«, stellte Marie fest, nachdem sie den Stand gefunden hatte. »Vielleicht gibt es noch einen anderen Tee-Verkauf!«
Sie schlängelte sich an den wartenden Leuten vorbei und zum Tresen vor. »Entschuldigung!«, rief sie dem jungen Mann zu, der gerade zwei Gläser Eistee herausreichte. »Gibt es hier einen weiteren Stand, an dem *Matcha-Latte* verkauft wird?«
Der Mann runzelte die Stirn. »Keine Ahnung, ich bin nur die

Aushilfe. Aber soweit ich weiß, gibt's das Zeug nur hier!« Er wies auf ein Schild am Tresen. Marie beugte sich vor und las: *»Matcha-Latte – Exklusiv bei Tee-Tobi!«*

»Okay, danke!«, murmelte Marie und lief zu den anderen zurück.

»Ich denke, wir sind hier richtig!«, sagte sie. Sie rückte Joanas Tasche neben ihrem Matchbeutel zurecht. »Anscheinend haben Tim und Joana noch einen Abstecher gemacht.«

»Wahrscheinlich musste Joana zum zehnten Mal zum Origamistand«, scherzte das Mädchen, das Tims Handy hatte. »Ich rufe sie mal an.«

Plötzlich erklang dicht neben Marie ein lautes Quaken. Sie zuckte zusammen und sah sich irritiert um. Schnell stellte sie fest, dass das Geräusch aus Joanas Tasche kam.

»Ich glaube, das ist Joanas Handy!«, sagte das Mädchen.

Marie nickte. »Glaub ich auch.« Sie griff vorsichtig in Joanas Tasche und ertastete schnell ein Handy. Sie zog es heraus. Das Display zeigte einen Anruf an. Nachdem Marie auf Tims Handy die rote Taste gedrückt hatte, erstarb das Quaken sofort.

»Ganz schlecht!«, sagte sie dann. »So können wir die beiden natürlich nicht erreichen.«

»Was für Chaoten«, murmelte Kim.

»Dann heißt es jetzt wohl Tee trinken und abwarten«, sagte Franzi. »Die beiden kommen bestimmt gleich hierher.«

Sie stellten sich am Tresen an. Während sie darauf warteten, ihre Bestellungen aufgeben zu können, sahen sich die drei !!! in alle Richtungen um. Aber Tim und Joana kamen nicht in Sicht. Auch als die Gruppe Plätze in der Ecke mit ein paar niedrigen Tischchen und Bodenkissen suchte, erschienen die beiden nicht. Eine weitere Viertelstunde verging. Marie stellte ihr Glas

ab und sah ihre Freundinnen an. »Wo bleiben sie denn? Langsam mache ich mir doch Sorgen.«
Kim rührte nachdenklich mit dem Strohhalm in ihrem hellgrünen Teegetränk. »Ja, ich finde das jetzt auch ziemlich merkwürdig. Sie sind nun fast eine Dreiviertelstunde weg.«
»Ich sehe am Origamistand nach«, sagte Franzi und stand auf. »Vielleicht ist Joana wirklich wieder dort hängen geblieben.«
Marie nickte. »Okay. Ich glaube zwar nicht, dass Tim da mitmachen würde. Aber mir fällt gerade auch nichts ein, was wir sonst tun könnten.« Sie zuckte mit den Schultern. »Außer, dass wir alle ausschwärmen und die *FanCon* nach den beiden durchkämmen. Und das wird bei den vielen Leuten hier nicht einfach.«
Das Mädchen, das Tims Handy hatte, beugte sich rüber und sagte: »Macht euch nicht so große Sorgen. Spätestens zum Fotoshooting tauchen sie bestimmt wieder auf!«
»Kann schon sein«, murmelte Franzi. »Ich sehe trotzdem mal nach.«
Als sie nach zehn Minuten wieder zurückkehrte, sah Marie ihrer Freundin sofort an, dass sie Joana und Tim nicht gefunden hatte.
»Sie waren nicht da!«, bestätigte Franzi sorgenvoll.
Marie runzelte die Stirn. »Dann können wir nur hoffen, dass sie beim Fotoshooting erscheinen. Das werden sie ja wohl nicht vergessen.« Sie sah auf ihre Armbanduhr. »Es fängt in einer halben Stunde an.«

Dein selbst genähter Shopper

Upcycling ist total im Trend: Aus alten, nicht mehr benutzten Dingen neue und coole Gegenstände zu machen ist nicht nur gut für die Umwelt und den Geldbeutel – so entstehen auch richtig kreative und individuelle Accessoires, die nicht jeder hat!

DU BRAUCHST …

- einen alten Kissenüberzug von Bettwäsche oder Sofakissen; altes Bettlaken
- Schere
- Maßband
- Schneiderkreide oder einen Bleistift
- Stecknadeln
- Nähgarn in passender Farbe zum Kissenüberzug
- Nähmaschine

1 Lege den Bezug mit der inneren Stoffseite nach außen vor dich hin und streiche ihn glatt. Die offene Seite (durch die das Kissen gesteckt wurde) zeigt von dir weg. Miss mit dem Maßband an der rechten Seite eine Höhe von 48 cm aus und markiere die Seite mit einem Strich mit der Schneiderkreide oder einem Bleistift. Danach misst du eine Breite von 40 cm aus und markierst sie ebenfalls.

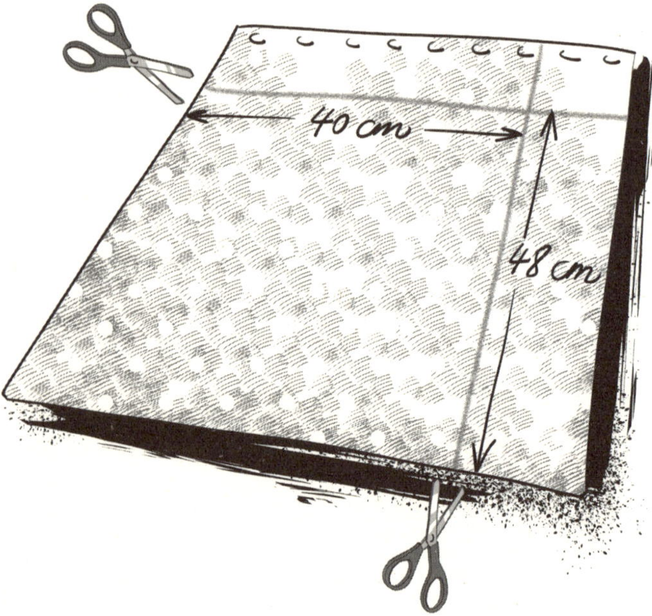

2 Schneide den Stoff an den Markierungen aus. Unten und an der linken Seite ist deine Tasche ja bereits zugenäht. Du musst nur noch den oberen Rand umsäumen und die rechte Seite zunähen. Schlage dazu den oberen Rand doppelt nach innen um und stecke ihn fest. Lass dir dabei eventuell von jemandem helfen, der fit im Umgang mit der Nähmaschine ist. Wenn du ganz sauber arbeiten möchtest, bügele den umgeschlagenen Rand glatt, bevor du ihn feststeckst.

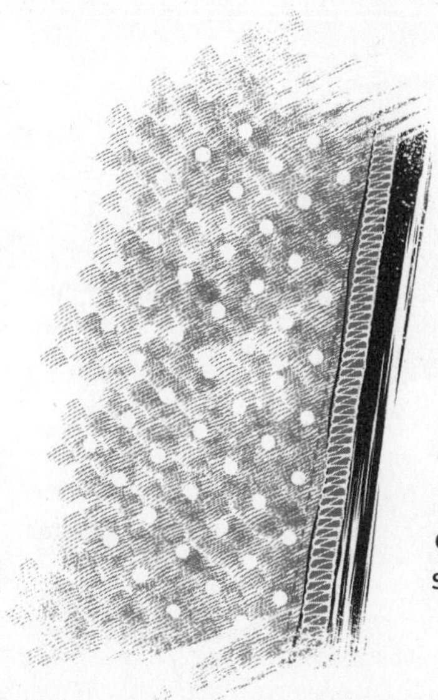

3 Näh den Rand dann mit der Nähmaschine zusammen. Jetzt näh die rechte Seite zu. Wenn du besonders genau arbeiten möchtest, kannst du die Stoffränder mit Zickzackstich versäubern.

4 Schließlich nähst du an den unteren Ecken der Tasche je einmal schräg eine gerade Linie, sodass ein Dreieck entsteht.

5 Wenn du die Tasche später wendest, hast du abgeschrägte Enden. Das gibt deiner Tasche den besonderen Touch!

6 Aus dem alten Laken schneidest du ein ca. 80 cm langes und etwa 19 cm breites Stück für den Taschenhenkel aus. Klappe es zusammen (Innenseite nach außen) und näh die lange Seite zu. Wende den entstandenen Schlauch und streiche oder bügele ihn so glatt, dass die Naht mittig liegt. Näh den Henkel dann rechts und links am oberen Rand der Tasche fest. Jetzt den Stoff wenden – und fertig ist dein Shopper!

Maries Tipp

Du kannst deinen Shopper auch noch persönlicher gestalten:
Nachdem du den Kissenüberzug zugeschnitten hast, kannst du ein schön gemustertes Webband so aufnähen, dass es mittig einmal rings um den Shopper herumläuft.
Oder hast du besondere Knöpfe? Dann näh sie auf!
Wenn du einen schlichten oder einfarbigen Kissenbezug verwendest, kannst du ihn vor dem Zusammennähen bestempeln (siehe S. 121) oder Muster mit buntem Garn aufsticken (siehe S. 167).

Nacht der Elfen

Der Jakobipark lag nur wenige Gehminuten vom *MovieStar* entfernt. Dennoch kam Marie der Weg dorthin wie eine Ewigkeit vor. Ihre Anspannung schien mit jedem Schritt zu wachsen. Joana und Tim waren nicht mehr zum Teestand gekommen. Ihre Freunde von der Fantasygruppe wunderten sich zwar, hatten aber anscheinend beschlossen, sich einfach keine Sorgen zu machen. Sie rechneten fest damit, Joana und Tim beim Wasserschlösschen zu treffen.

Marie war sich dagegen nicht so sicher. Es waren so viele merkwürdige Dinge passiert, die sie nicht hatten aufklären können. Erst war Joanas Kostüm gestohlen worden, dann war es mit Nadeln gespickt wieder aufgetaucht. Joanas Bücher und DVDs für die Auktion waren beschädigt worden, ihr war plötzlich schlecht geworden, Marie selbst wurde im Waschraum attackiert. Ihr schwirrte der Kopf. Wie hing das alles zusammen? Und vor allem: Gehörte Joanas und Tims Verschwinden womöglich in die Reihe dieser unerklärlichen Zwischenfälle?

Marie versuchte, den Kopf frei zu bekommen. Sie durfte sich nicht verwirren lassen, sie durfte jetzt nicht überreagieren. Marie atmete tief durch. Sie musste positiv denken! Vielleicht hatten die beiden wirklich nur die Zeit vergessen und warteten jetzt schuldbewusst auf sie.

Der kleine Eichenwald kam in Sicht, hinter dem das Wasserschlösschen lag. Die drei !!! beschleunigten ihre Schritte, gefolgt von den Mädchen und Jungen der Fantasygruppe. Als sie die kleine Schlossanlage erreicht hatten, reckte Marie den Hals. Einige Leute waren zu sehen, die den warmen Spätnachmittag für einen Spaziergang nutzten. Am Teich vor dem Schlösschen tummelten sich mehrere Cosplayer und schossen Selfies, und im Schatten einer einzeln stehenden Eiche packte gerade eine Frau in Jeans und schwarzem T-Shirt Geräte aus einem großen Alu-Koffer aus. Marie erkannte ein Teleskop-Stativ und mehrere Objektive und nahm an, dass das die Fotografin war. Ein kleiner Junge stoppte seine Rollerfahrt bei der Eiche und sah neugierig in den Koffer hinein.

Marie lief zu dem Mäuerchen, das den Teich begrenzte, und hielt weiter Ausschau nach Joana und Tim. Aber sie konnte die beiden nirgendwo entdecken.

Franzi sah auf ihre Uhr. »Vielleicht kommen sie noch. Es ist erst zehn vor vier.«

Die Frau trug ein Stativ und eine große Reflektorfolie zum Teich. Als sie die Gruppe bemerkte, lächelte sie und rief begeistert: »Ihr müsst die Gewinner des Kostümwettbewerbs sein!« Sie legte das Stativ vorsichtig auf den Boden und lehnte die Folie gegen die Mauer. »Ihr seht toll aus!«, stellte sie fest. »Das wird ein super Shooting. Ich brauche nur noch ein paar Minuten für den Aufbau, dann kann es gleich losgehen!«

»Lassen Sie sich Zeit«, sagte das Mädchen mit dem Dämoninnen-Kostüm. »Zwei unseres Teams kommen noch nach.«

»Alles klar«, antwortete die Fotografin und klappte das Stativ auf. »Macht nichts, wenn sie sich verspäten. Wir machen die große Gruppensession sowieso erst ganz zum Schluss!«

Marie setzte sich an den Teichrand und starrte nachdenklich auf das Wasser. Es war von hellgrünen Algen durchzogen und etwas weiter hinten, beim Wasserschlösschen, trieb ein dichter

Teppich weißer Seerosen auf der Oberfläche. Marie hatte ein absolut ungutes Gefühl. Ihr sechster Sinn sagte ihr, dass Tim und Joana nicht kommen würden.

Kim und Franzi setzten sich neben sie. »Es ist vier Uhr«, murmelte Kim. Sie sah ihre Freundinnen an. »Sollen wir bei Joana zu Hause anrufen? Vielleicht ging es ihr doch wieder schlechter und sie ist mit Tim dort.«

Franzi nickte. »Sie hat die Nummer bestimmt in ihrem Handy gespeichert. Sieh doch mal nach, Marie.«

Marie zog Joanas Tasche zu sich auf das Mäuerchen und begann nach dem Smartphone zu suchen. Aus dem Augenwinkel bemerkte sie dabei einen Gegenstand, der vor ihnen auf dem Wasser dümpelte. Marie sah genauer hin: Es war eine große weiße Blüte.

Franzi war ebenfalls aufmerksam geworden. Sie runzelte die Stirn und fischte die Blume mit spitzen Fingern aus dem Wasser. »Die ist aus Papier«, stellte sie fest und sah verärgert darauf. »Überall werfen die Leute ihren Müll hin! Dabei gibt es hier wirklich genügend Papierkörbe!«

»Da ist noch eine!« Kim deutete zu ihrer linken Seite. »Und noch eine!« Dann riss sie die Augen auf. »Leute, dahinten beim Schlösschen! Da schwimmen ganz viele von den Papierdingern!«

»Stimmt!«, rief Franzi empört aus. »Das sind ja Dutzende! Ich fasse es nicht: Da hat jemand seine komplette Deko von der letzten Party einfach ins Wasser geworfen!«

Marie starrte auf die Blume in Franzis Hand. »Die sind alle aus Papier gefaltet worden«, sagte sie leise.

»Ja, das sehe ich auch«, brummte Franzi.

Marie sprang auf und schnappte sich die Blume, bevor Franzi sie wütend in ihrer Hand zerknüllen konnte. »Das ist eine Origamiblüte«, sagte sie und strich über das feuchte Papier. »Joana faltet doch solche Sachen! Das kann kein Zufall sein: Sie muss die Blumen hier hineingeworfen haben!«

»Aber wozu?«, fragte Franzi.

»Um eine Botschaft zu hinterlassen!«, rief Kim. »Sie wollte zeigen, dass sie hier war.«

»Aber warum macht sie es so kompliziert?« Franzi schüttelte den Kopf. »Ich verstehe das nicht.«

»Ich ja auch nicht«, murmelte Marie. Sie starrte auf das Wasser im Teich und stellte fest, dass es eine leichte Strömung gab. Sie schien aus der Richtung zu kommen, wo das Wasserschlösschen stand. Der Papierblumenteppich trieb langsam auseinander. Etliche Blüten dümpelten bereits am Teichrand.

»Lasst uns hinter dem Schlösschen nachsehen«, sagte Marie aufgeregt. »Ich glaube, die Blumen kommen von dort!«

Kim und Franzi standen ebenfalls auf. Sie liefen ein Stück am Teich entlang, bis sie den hinteren Bereich einsehen konnten. Hier wucherte hohes, dichtes Gebüsch bis nah an die Teichmauer heran. An einer Stelle war die Mauer durch einen vergitterten Wasserzulauf unterbrochen. Leise plätschernd floss das Wasser in den Schlossteich. Auch hier trieben zahlreiche Origamiblüten auf der Oberfläche!

»Die müssen von dort, wo das Gebüsch ist, hineingeworfen worden sein«, vermutete Kim. Sie kniff die Augen zusammen. »Sagt mal, ist das da eine Hütte?«

Marie sah genau hin. Tatsächlich! Neben dem Zulauf, vom Gebüsch halb verdeckt, befand sich ein kleines Häuschen aus sonnengebleichten, bemoosten Holzbrettern. »Ja, du hast recht«, sagte sie. »Das ist ein Geräteschupp–« Marie stockte und riss

die Augen auf. Durch den Spalt zwischen zwei Holzbrettern wurde gerade etwas Helles von innen herausgeschoben. Es war ein großes Stück Papier. Wie von magischer Hand bewegt, schob es sich weiter, bis es ins Wasser fiel. Auf der Oberfläche treibend, richteten sich nach und nach einzelne Teile auf. Das Papier entfaltete sich zu einer Blume!
»Ganz sicher!«, rief Marie. »Das sind Joanas Lotusblüten!«
Kims Wangen färbten sich vor Aufregung rot. »Sie ist in der Hütte! Wir müssen dahin!«
Die drei !!! sprinteten zu dem Schuppen und riefen nach Joana.
»Ja!«, ertönte Joanas Stimme dumpf aus dem Inneren. »Ich bin hier! Und Tim auch! Sie haben uns eingesperrt!«
Tims Stimme erklang, ebenfalls dumpf: »Seid ihr es, Kim, Franzi und Marie?«
»Ja!«, rief Kim zurück. »Wartet, wir holen euch hier raus!«
Der Schuppen hatte keine Fenster. Auf der Rückseite befand sich jedoch eine Tür mit einem verrosteten Riegel. Er war vorgeschoben.
Franzi sprang hin und zog daran. Der Riegel bewegte sich ein paar Zentimeter. »Wir haben es gleich!«, rief Franzi. Gebannt beobachtete Marie, wie ihre Freundin mehrmals mit dem Handballen auf das flache, gebogene Metallteil einschlug. Schließlich rutschte es zur Seite, Franzi riss die Tür auf. »Geschafft!«, rief sie erleichtert.
Dann ging alles sehr schnell. Joana und Tim stürzten auf die offene Tür zu, rissen dann die Augen auf und wichen plötzlich zurück.
»Was ist los?«, rief Marie.
»Hinter euch!«, schrie Joana.
Bevor Marie sich umsehen konnte, wurde ihr ein harter Stoß

in den Rücken verpasst und sie taumelte in die Hütte. Tim konnte sie gerade noch auffangen, bevor sie zu Boden stürzte. Ihr Matchbeutel und die Stofftasche rutschten von Maries Schulter und klatschten auf die rauen Holzdielen.
Kim und Franzi wurden ebenfalls grob in den Schuppen gestoßen.
Maries Herz raste, sie sah zur Tür und stieß einen Schrei aus. Drei Männer in grauen Kapuzenpullis und schwarzen Hosen standen darin und versperrten den Weg!
»Was soll das?«, schrie Franzi. Sie stieß sich von der Wand ab und lief auf die Tür zu.
»Stehen bleiben!«, brüllte eine der Gestalten. »Ich habe eine Waffe!«
Franzi blieb abrupt stehen. Fassungslos starrte sie den Mann an. Marie zuckte zusammen. Der Typ hatte wirklich eine Pistole in der Hand!
Joana und Tim standen erstarrt da und brachten keinen Ton heraus.
»Was wollt ihr hier, ihr Schnüffler?«, zischte der bewaffnete Mann. Die beiden anderen verschränkten die Arme vor der Brust und stellten sich breitbeinig vor die Tür.
Plötzlich machte der Mann einen schnellen Schritt nach vorn, bückte sich und schnappte sich das Buch und das Plüschtier, die aus Joanas Tasche gefallen waren. »Das gibt's ja wohl nicht. Da ist das Zeug ja!«, rief er. Er hielt das Buch hoch. »Unsere *Elfen* sind wieder da!«
Marie sah auf das Buch. Der Titel lautete tatsächlich »Nacht der Elfen«.
Der Mann schüttelte den Kopf. »Gehört ihr alle zusammen, oder was?«

Marie schwirrte der Kopf. Sie verstand überhaupt nichts mehr. Was passierte hier gerade?
Der Mann schlug das Buch auf und nickte seinen beiden Leuten zu. »Er ist da!«
Verwirrt erkannte Marie, dass in dem Buch ein Hohlraum war. Darin lag, soweit sie es erkennen konnte, ein Schlüssel.
Der Mann schlug das Buch wieder zu und klemmte es sich mit dem Plüschtier zusammen unter den Arm. »Wir fragen die Chefin, was wir mit ihnen machen sollen!«, rief er den beiden Männern an der Tür zu.
Die beiden Typen nickten energisch.
»So, und jetzt Handys her!«, sagte der Mann. Er entdeckte Joanas Smartphone am Boden und steckte es ein. »Alle Handys raus oder ihr habt ein Problem!«
Immer noch starr vor Schreck übergaben die drei !!! dem Mann ihre Handys. Er nickte den beiden an der Tür zu. »Los!«
Die drei Gestalten stürmten aus der Hütte. Die Tür wurde zugeschlagen und der Riegel wieder vorgeschoben. Der Raum wurde jetzt nur noch durch das spärliche Licht beleuchtet, das durch die Ritzen zwischen den Holzlatten fiel. Marie lehnte sich mit zitternden Knien an die Wand und sah zur Decke. Sie atmete tief durch. »Leute, das ist ja alles vollkommen verrückt!« Sie sah sich in dem Raum um. Er war, bis auf einen Stapel alter Veranstaltungsplakate, vollkommen leer. »Daraus hast du deine Lotusblüten gefaltet, oder?«, fragte sie in Joanas Richtung gewandt.
Das Mädchen nickte. »Es war die einzige Möglichkeit, auf uns aufmerksam zu machen. Unsere Handys hatten wir ja nicht. Und auf unser Rufen hat niemand reagiert.«
»Die Idee war gut«, sagte Franzi. »Nicht gut war, dass Kim,

Marie und ich nicht aufgepasst haben.« Sie schlug gegen die Wand. »So was Blödes!«

»Wir hatten einfach keine Chance«, sagte Kim. »Mit so einem Überfall konnten wir echt nicht rechnen.«

Tim seufzte. »Es tut mir so leid!«

»Wie meinst du das?«, fragte Franzi.

»Das hängt alles mit mir zusammen. Ich meine, mit dem, was ich gemacht habe.«

Marie sah Tim erschrocken an. »Wieso, was hast du gemacht?«

Tim ballte die Fäuste. »Ich habe mit Simon heute Nachmittag auf der *FreeFanCon* an einem Stand etwas geklaut.« Er lief nervös auf und ab. »Ja, ich weiß, komplett bescheuert, so eine Aktion. Aber ich hab das süße Plüschtier gesehen und dann das Fantasybuch. Ich wusste sofort, dass Joana darauf abfahren würde. Und ich wollte ihr doch so gern etwas schenken. Ich hab mich so über unseren Sieg gefreut und dass es ihr wieder gut ging. Aber die Sachen sind teuer, besonders auf Messen.« Er schluckte schwer. »Simon meinte dann, dass das doch ganz leicht sei. Dann haben wir die Sachen eben einfach genommen, unter unseren Kostümen versteckt und sind weggelaufen.« Tim ließ den Kopf hängen. »Ich weiß nicht, was da in mich gefahren ist.«

Joana legte einen Arm um Tims Schulter. »Tim hat's mir vorhin gebeichtet. Gleich nachdem uns die Typen auf der Messe so blöd angemacht haben.«

Marie schüttelte ungläubig den Kopf. Dass Tim geklaut hatte, fand sie wirklich völlig daneben. Aber dazu konnten sie später ein Wörtchen mit ihm reden. Was sie jetzt interessierte, waren die Typen, von denen Joana eben erzählt hatte.

»Und die Männer, die euch auf der Messe angesprochen haben, das waren dieselben wie eben?«, fragte Marie.

Joana und Tim nickten. »Hundert Prozent! Die sind ganz dicht an uns rangekommen«, sagte Tim. »Ich habe mir ihre Gesichter gemerkt. Das waren genau die Typen. Sie haben mich angesprochen, als ich mit Joana vom Sushi-Stand losgegangen bin und auf dem Weg zum Teestand war. Der eine hat mich angeschrien, dass ich die Sachen, die ich vorhin geklaut habe, wieder hergeben soll.«
Joana nickte. »Die waren total wütend! Ich wusste ja noch gar nicht, um was es geht, und hab Angst bekommen. Wir sind dann einfach losgerannt und haben versucht, sie abzuhängen.«
»Ich konnte die Sachen ja gar nicht zurückgeben, weil sie in Joanas Tasche waren. Und die hatte Marie.« Tim knetete nervös seine Hände. »Mann, was für ein Durcheinander.«
»Das kann man wohl sagen«, murmelte Kim. Sie runzelte die Stirn. »Was ich vor allem nicht verstehe: Wieso haben die euch hier eingesperrt?«
»Wir wollten uns hier im Park hinter dem Wasserschlösschen vor den komischen Typen verstecken«, sagte Tim. »Die haben uns quer über die *FanCon* verfolgt. Wir hatten unsere Handys nicht und konnten weder euch noch jemanden von den anderen um Hilfe bitten. Da haben wir beschlossen, hierher zu flüchten und auf euch zu warten. Es war ja klar, dass die Gruppe zum Fotoshooting in den Park kommen würde.«
»Aber die Männer sind uns wohl gefolgt«, warf Joana ein. »Sie haben uns hier erwischt und dann in diese Hütte gesperrt.«
Tim gab einen verzweifelten Laut von sich. »Es ist alles meine Schuld!«
Joana nahm seine Hände und sah ihn tröstend an. »Ganz ehrlich: Ich finde es zwar auch total bescheuert, dass du das Buch

und das Plüschtier für mich geklaut hast. Aber –« Joana sah Tim tief in die Augen. »Diese krasse Reaktion der Typen ist doch nicht angemessen! Da stimmt doch etwas nicht.«
Marie nickte heftig. »Habt ihr eigentlich bemerkt, dass das Buch einen Hohlraum hat?«
»Nein«, sagte Tim überrascht.
Marie nickte. »Da war ein Schlüssel drin.«
»Seid mal leise!«, rief Kim dazwischen. »Hört ihr das? Ich glaube, sie sind zurück!«
Marie lauschte. Tatsächlich war ein Kratzen an der Tür zu hören. Jemand machte sich am Riegel zu schaffen.
Bevor sie etwas tun konnten, wurde die Tür aufgerissen.
Joana stieß einen Schrei aus.
Marie hielt die Luft an. Vor ihnen stand der Manga-Junge von der *FanCon*! Er hatte die Sonnenbrille ins Haar geschoben und atmete schwer. Zuerst blickte er Tim an, dann Joana. Dann drehte er sich um und lief weg.
»He, warte doch!«, rief Marie entgeistert. »Was ist los?«
Der Junge sah nur kurz über die Schulter zurück und beschleunigte seine Schritte. Marie tauschte einen verwirrten Blick mit ihren Freundinnen.
»Vielleicht hat er etwas mit den Typen zu tun, die uns hier eingesperrt haben«, mutmaßte Joana. Sie sah die anderen ratlos an.
»Ich hab ihn aber vorhin nicht gesehen«, sagte Tim.
»Wir müssen ihn fragen!«, rief Franzi. »Los! Hinterher!«
Sie sprintete los.
Marie fing ebenfalls an zu rennen. Aus dem Augenwinkel sah sie, dass die anderen ihnen folgten. Franzi war ungeheuer schnell. Innerhalb weniger Sekunden hatte sie die anderen weit hinter

sich gelassen und den Jungen fast eingeholt. »Warte doch!«, rief sie ihm nach. »Bleib doch mal stehen!«

Der Junge rannte unbeirrt weiter.

Franzi schüttelte den Kopf und beschleunigte. Als sie nur noch wenige Meter von dem Jungen entfernt war, setzte sie zu einem Hechtsprung an. Wie ein Pfeil schoss sie nach vorn und erwischte im Fallen seine Beine. Zusammen mit dem Jungen ging sie zu Boden. Beide rollten über den frisch gemähten Rasen.

Marie rannte schneller. Als sie bei Franzi angekommen war, versuchte der Junge gerade, sich hochzurappeln und aufzustehen.

Franzi fasste ihn am Handgelenk. »Bitte! Du brauchst keine Angst zu haben!«, rief sie. »Wir wollen nur wissen, wer du bist! Woher wusstest du, dass wir in der Hütte sind?«

Der Junge schüttelte Franzis Hand ab und atmete schwer. Er öffnete den Mund, schloss ihn aber gleich wieder. Stumm sah er von Franzi zu Marie. Als Kim, Joana und Tim angerannt kamen, barg er den Kopf in den Armen und schluchzte.

Marie bückte sich erschrocken zu ihm hinunter. »Was ist denn los?«

Doch der Junge antwortete nicht. Er umschlang seine Knie und schluchzte weiter. Dabei verrutschte der Ärmel des schwarzen Anzugs. Eine Reihe bunter Armbändchen, in die ein silberner Faden eingeknüpft war, wurde sichtbar.

Marie blinzelte verwirrt. Genau so ein geknüpftes Bändchen hatte sie doch erst vor kurzer Zeit gesehen. Sie hielt den Atem an. Nämlich an Joanas Kostüm!

Auch Kim machte ein erstauntes Gesicht. »Dieses Armband …«, rief sie aus. Dann schwieg sie nachdenklich.

Plötzlich bückte sie sich zu dem Jungen hinab. »Zeig mir bitte mal deine Schuhsohlen!«, sagte sie kühl.

Der Junge runzelte die Stirn und bewegte sich nicht. Kim zog mit einer schnellen Bewegung eines seiner Beine hoch und hielt es fest. Die helle Schuhsohle blitzte auf.
Er sah Kim empört an und befreite sein Bein aus ihrem Griff.
Marie wurde es abwechselnd siedend heiß und eiskalt. Die ganze Aktion hatte nur wenige Sekunden gedauert. Aber der kurze Blick auf die Sohle des Schuhs hatte gereicht: Marie hatte das Muster aus winzigen Flügeln erkannt! Es war genau dasselbe, das sie auf Joanas Kostüm sichergestellt hatten!
Kim verschränkte die Arme vor der Brust und sah den Jungen ernst an. »Wer bist du?«, fragte sie. »Warum hast du das mit Joanas Kostüm gemacht?«
»Ich, ich weiß nicht, was ihr wollt«, stotterte der Junge. Seine Stimme war dünn und hoch.
Marie deutete auf seine Armbändchen. »So eines haben wir an Joanas Kostüm gefunden, das gestohlen wurde!«
»Von jemandem, der darauf herumgetrampelt ist!«, rief Kim scharf. »Mit genau solchen Schuhen, wie du sie trägst!«
Der Junge schlug sich die Hände vor das Gesicht und fing wieder an zu schluchzen. »Ja!«, stieß er hervor. »Ja, ich war das!«
Joana wich entsetzt zurück. »Aber w...wieso?«, stotterte sie.
Der Junge ließ die Hände sinken. Er sog scharf die Luft ein. Dann fasste er sich ins dichte schwarze Haar und zog daran. Das Haar fiel im Ganzen herab und darunter kam eine Kaskade rotblonder Locken zum Vorschein.
Marie traute ihren Augen nicht. »Du bist ja ein Mädchen!«

Buch mit Geheimfach

Zur Abwechslung kommt hier ein Kreativtipp, bei dem nichts genäht, gestickt oder gestrickt wird! Es wird Papier geschnitten – und zwar stapelweise … nämlich aus dem Block eines alten Buchs. Heraus kommt ein super Geheimversteck für kleine Utensilien wie Schlüssel, Schmuck, Fingerabdruckset oder Süßigkeiten!

DU BRAUCHST …

- ein altes Buch (mindestens 3 cm dick), das nicht wertvoll ist und das keiner mehr lesen möchte. Oder du kaufst für einige Cent ein altes Buch auf dem Flohmarkt.
- Lineal und Bleistift
- Cutter/Teppichmesser
- durchsichtigen Klebefilm

1 Schlage das Buch ungefähr nach dem ersten Viertel der Seiten auf. Markiere mit dem Lineal und dem Stift ein Viereck in der Mitte der rechten Seite. Es sollten je 4 cm Platz bis zum Rand bleiben. Nimm das Lineal als Führungshilfe für den Cutter und lege es an der angezeichneten Schnittkante an. Jetzt schneidest du vorsichtig mit dem Cutter an dem Lineal auf der Markierung entlang. Lass dir dabei von einem Erwachsenen helfen.

Kims Tipp

Ein Geheimversteck für die Handtasche kannst du dir selbst machen, wenn du ein kleines Buch verwendest. Verschließe es dann mit einem Gummiband, damit nichts herausfällt.

2 Hebe die herausgetrennten Papiervierecke heraus. Je nach Dicke der Buchseiten schaffst du mit einem Schnitt fünf bis zehn Seiten. Fahre mit dem Stift an allen vier Seiten am Boden des entstandenen Ausschnitts entlang. Klappe die Seiten mit den ausgeschnittenen Vierecken zur linken Seite. Jetzt hast du auf der rechten Seite wieder ein markiertes Viereck. Dieses schneidest du nun wieder mit dem Cutter und mithilfe des Lineals aus. Mache das so oft, bis eine Vertiefung von ca. 2 cm entstanden ist.

3 Klebe die Seiten an den Rändern der Vertiefung mit etwas Klebefilm zusammen. Fertig!

Zugeklappt sieht das Buch ganz normal aus. Aber in seinem Inneren kannst du jetzt ganz leicht wertvolle und geheime Dinge verbergen!

Nicht zu fassen!

Die drei !!!, Joana und Tim sahen fassungslos auf die am Boden kauernde Gestalt. Tränen liefen ihr über das Gesicht und hinterließen dunkle Spuren im hellen Make-up. Das Mädchen wischte sich mit einer fahrigen Bewegung über die Augen und ballte die Hände zu Fäusten. Es nickte stumm. Dann warf es Tim und Joana einen wütenden Blick zu.

Marie spürte, wie sich eine feine Gänsehaut auf ihren Armen ausbreitete und über den Nacken bis zu ihrem Rücken wanderte.

Kim pustete sich energisch eine Haarsträhne aus dem Gesicht. »Wer bist du?«, fragte sie mit heiserer Stimme. »Warum ...«

»Das gibt's doch nicht!«, rief Tim plötzlich dazwischen.

Marie zuckte erschrocken zusammen. Der Junge hatte vor Wut gerötete Wangen und seine Lippen zitterten. Er machte einen Schritt auf das Mädchen zu und beugte sich vor. »Ich fasse es echt nicht!« Sein Zeigefinger schoss wie ein Pfeil nach vorn. »Du bist das«, rief Tim aufgebracht. »Lara-Sophie!«

Das Mädchen hob den Kopf und starrte Tim stumm an.

Marie wechselte einen verwirrten Blick mit Kim und Franzi.

Joana riss die Augen auf. »Du kennst ihn, äh, sie?«

»Ja!« Tim nickte mechanisch. »Ich war mal mit ihr zusammen.«

»Wir waren das Traumpaar an der Schule!«, rief das Mädchen aus. Es strich sich die Haare aus dem Gesicht und versuchte, die langen Locken mit den Fingern zu entwirren.

»Vielleicht«, sagte Tim. »Aber dann hast du Schluss gemacht!« Er nahm Joanas Hand und streichelte sie zärtlich. »Und die Zeiten ändern sich eben.«
Lara-Sophie sah Joana wütend an. »Du hast ihn mir weggenommen!«
Joana riss die Auge auf. »Aber *du* hast dich doch von Tim getrennt!«
»Ja, schon, vielleicht«, murmelte das Mädchen. »Aber ich habe bald bemerkt, dass das ein Fehler war …« Lara-Sophie zupfte heftig an einem ihrer Armbändchen.
Franzi sog scharf die Luft ein. »Du hast also Joanas Kleid genommen und beschädigt, weil du eifersüchtig auf sie bist? Eifersüchtig, weil sie jetzt mit Tim zusammen ist, nachdem DU ihn verlassen hast?!«
Lara-Sophie sah auf den Boden. »Das war so hart, als ich die beiden letzten Freitag im JUZ gesehen habe. Die haben im Foyer rumgeknutscht! Das war echt zu viel für mich.«
»Moment!«, rief Marie dazwischen. »Jetzt erkenne ich dich wieder: Du hast mich damals beinahe umgerannt!«
»Ja, stimmt. Ich war total durcheinander. Ich wollte nur weg …« Das Mädchen stockte und riss ein Büschel Gras aus. »Aber dann bin ich doch wieder zurückgegangen.«
»Du hast uns hinterherspioniert!«, rief Joana. »Ich glaub's nicht!«
Lara-Sophie seufzte. »Ich habe euch durchs Fenster bei dieser Nähparty beobachtet. Du hast das tolle Kleid hervorgezogen und dann fanden dich alle so toll und ich habe dich einfach nur noch blöd gefunden …« Lara-Sophie verstummte. Ihr schien immer klarer zu werden, was für einen riesengroßen Fehler sie gemacht hatte.

»Und dann hast du den Rauchmelder in den Toiletten ausgelöst«, stellte Kim fest. »Damit alle das JUZ verlassen und du das Kleid nehmen konntest.«

»Ja.« Lara-Sophie ließ ein paar Grashalme auf die Erde rieseln. »Ich wollte es zu Hause nur einmal anprobieren. Aber es hat nicht richtig gepasst und dann bin ich ausgeflippt. Ich habe diese blöden Stecknadeln, die dabei waren, überall reingesteckt. Und dann wollte ich das Ding nur noch loswerden. Also hab ich es in der Nacht bei Tim an den Gartenzaun gehängt.«

Kim ballte die Fäuste. »Weißt du eigentlich, wie gruselig deine Aktion war? Du hast Joana und Tim einen Riesenschrecken eingejagt!«

Lara-Sophie biss sich auf die Lippe. »Ja. Was ich gemacht habe, war nicht in Ordnung.«

Marie zog die Stirn in Falten. »Was du gemacht hast, war nicht nur *nicht in Ordnung*! Es war total fies und obergemein!«

»Es ist auch nicht bei der Sache mit dem Kostüm geblieben«, ergänzte Kim. »Du hast dich extra verkleidet, um Joana und Tim hier auf der *FanCon* verfolgen zu können und ihr gemeine Dinge anzutun!«

»Was hast du ihr in die Nudelsuppe getan?«, hakte Franzi nach. »Wolltest du Joana etwa vergiften?«

Lara-Sophie sah Kim verständnislos an. »Was? Nein!« Sie schüttelte heftig den Kopf. »Bitte glaubt mir! So etwas würde ich nie tun!«

Joana räusperte sich. »Ich glaube, in der Suppe war Knoblauch. Den vertrage ich nicht. Vielleicht war es das?«

»Du brauchst Lara-Sophie nicht in Schutz zu nehmen«, rief Tim. Er zog seine Freundin dicht an sich heran.

Lara-Sophie fing an zu schluchzen. »Es tut mir leid. Alles tut mir so leid!« Sie wischte sich über die Augen. »Und die Sache mit den Männern war so schlimm! Das habe ich wirklich nicht gewollt!«

Marie setzte sich mit einem Ruck auf. »Was hast du mit diesen Verbrechern zu tun?«

»Nichts!« Lara-Sophie schluckte. »Also, nicht direkt. Es war so: Ich habe gesehen, dass Tim ein Buch und ein Plüschtier an einem Stand geklaut hat. Dann habe ich beobachtet, wie er die Sachen Joana geschenkt hat und wie sie sich gefreut hat. Das hat mich total geärgert.« Sie räusperte sich. »Also bin ich zu dem Stand hin und habe der Besitzerin gesagt, was ich gesehen habe. Und dass Tim jetzt am Sushi-Stand sei und sie sich ihre Sachen dort wiederholen könne. Die Frau hat sich total aufgeregt. Sie ist zu einem Karton gerannt und hat nachgesehen und dann hat sie sich noch mehr aufgeregt. Sie hat telefoniert und zwei Minuten später standen diese drei Typen da. Ich musste ihnen erklären, wie Tim aussieht, und dann sind sie sofort losgegangen.« Lara-Sophie schüttelte den Kopf. »Ich habe mich gewundert, warum die Frau wegen eines Buchs und eines kleinen Plüschtiers so einen Aufstand macht. Und irgendwie habe ich dann ein komisches Gefühl gehabt. Also bin ich wieder zum Sushi-Stand und wollte sehen, was sie mit Tim machen ...«

»Das ist doch der Hammer!«, rief Joana dazwischen. »Gib es doch zu: Du hast Tim verpfiffen und wolltest zusehen, wie er Ärger kriegt!«

Lara-Sophie liefen die Tränen über das Gesicht. »Ich habe alles falsch gemacht! Es tut mir wirklich leid!«

»Bitte, erzähl weiter!«, sagte Kim. Sie knetete angespannt ihre Hände. »Was hast du beim Sushi-Stand gesehen?«

»Nichts!«, sagte Lara-Sophie. »Ich bin gar nicht bis dorthin gekommen. Tim und Joana waren zwei Stände weiter und haben sich etwas angesehen. Dort sind die drei Männer auf sie zugelaufen und haben sie angesprochen.« Sie schluckte. »Es sah ziemlich aggressiv aus. Tim und Joana sind dann auch weggelaufen. Und die Männer sind ihnen gefolgt.« Lara-Sophie zuckte mit den Schultern. »Und ich bin den Männern gefolgt. Als Tim und Joana von der *FanCon* weggelaufen sind, haben die Typen ihre Taktik geändert. Sie haben sich versteckt gehalten und die beiden heimlich verfolgt.«

Tim nickte. »Wir dachten wirklich, wir hätten sie im Park abgehängt. Bis sie wie aus dem Nichts angerannt kamen und uns gepackt haben.«

»Das war wirklich schlimm!«, rief Lara-Sophie. »Als Tim und Joana in diese Hütte eingesperrt wurden, habe ich einen richtigen Schock bekommen. Die Männer haben telefoniert und sich dann in der Nähe unter einen Baum gesetzt. Ich hatte Angst, dass sie mich sehen, wenn ich wegrenne, deshalb bin ich in einen Busch gekrochen.« Sie fuhr sich mit dem Handrücken über das Gesicht. »Ich wusste überhaupt nicht, was ich machen sollte. Ich habe bestimmt eine halbe Stunde oder länger total panisch in dem Gebüsch gesessen.« Sie sah Marie an. »Und dann seid ihr gekommen und die Männer haben euch ebenfalls eingesperrt! Ich dachte, ich werde gleich verrückt! Ich hatte wirklich Angst um euch. Die Männer haben wieder telefoniert, und dann sind sie endlich weggegangen.« Lara-Sophie atmete tief durch. »Als die Typen weit genug weg waren, hab ich euch die Tür aufgemacht.«

»Das war doch mal eine gute Sache«, sagte Marie leise.

Das Mädchen fing erneut an zu weinen. »Es tut mir alles so leid! Bitte, Joana, verzeih mir!«

Joana zog die Augenbrauen nach oben. »Ganz ehrlich, Lara-Sophie: Das ist jetzt alles etwas viel für mich. Ich finde es so unfassbar, was du gemacht hast. Ich glaube nicht, dass ich das alles einfach so verzeihen kann.«

»Du kannst froh sein, dass wir dich nicht anzeigen!«, fügte Tim hinzu. »Oder?« Er sah Joana an. »Wir können auch zur Polizei gehen, wenn du das möchtest.«

»Nein.« Joana zuckte mit den Schultern. »Ich glaube, das möchte ich nicht.«

Marie räusperte sich. »Die Polizei ist ja bereits eingeschaltet worden. Die haben eine Anzeige wegen Diebstahls vorliegen. Ihr könnt natürlich sagen, dass sich die Sache erledigt hat und Joana von einer Anzeige absieht.« Marie verschränkte die Arme vor der Brust. »Allerdings weiß ich nicht, ob das so einfach geht. Aber auf alle Fälle muss Lara-Sophie schwören, dass sie nie wieder solche schrecklichen Sachen macht wie in den letzten beiden Tagen!«

»Nie wieder!« Lara-Sophie nickte heftig. »Bitte glaubt mir! Ich schwöre es!«

Joana wischte an einem Fleck auf ihrem Kostüm herum. »In Ordnung«, sagte sie leise. »Ich glaube dir.«

»Es tut mir alles sehr leid«, murmelte das Mädchen. Es sah Joana unsicher an. »Ich gehe dann mal, okay?«

Joana nickte mechanisch.

Mit hängendem Kopf lief Lara-Sophie langsam davon.

»Mannomann!«, sagte Franzi. »Was für eine heftige Sache!«

»Allerdings«, stimmte Tim ihr zu. »Lara-Sophie war immer etwas launisch. Aber solche krassen Dinge hätte ich ihr nicht zugetraut!«

Joana legte ihren Kopf an Tims Schulter. Sie seufzte. »Das muss ich jetzt erst mal alles verkraften. Ich will nur noch nach Hause und ins Bett.«
»Ja!« Tim gab ihr einen Kuss auf die Wange. »Lass uns von hier verschwinden! Ich bring dich heim.«
»Danke!« Joana lächelte schwach. »Bin ich froh, dass das vorbei ist.«
Die drei !!! tauschten einen vielsagenden Blick. Natürlich war die Sache nicht vorbei! Sie mussten unbedingt herausfinden, wer diese drei Männer waren und was es mit dem Buch und dem Plüschtier auf sich hatte!
Tim winkte. »Wir sagen unseren Leuten noch Bescheid.«
»Wartet!«, rief Kim plötzlich. »Ganz kurz noch: Von welchem Stand hast du die Sachen geklaut, Tim?«
Der Junge räusperte sich. »Das war irgendwo im dritten Gang des großen Saals. So genau weiß ich das nicht mehr. Aber die haben eine Wand, an der auffällige Buchhüllen hängen.«
»Ihr wollt da doch nicht etwa hingehen?!« Joana machte ein besorgtes Gesicht. »Womöglich sind diese Männer dort!«
»Wir müssen doch wissen, was da los ist«, sagte Kim bestimmt.
»Außerdem haben die unsere Handys!«, rief Franzi.
»Mach dir keine Gedanken«, sagte Marie. »Wir sind erfahrene Detektivinnen.« Sie runzelte die Stirn. »Auch wenn in den letzten drei Tagen jetzt nicht alles so optimal gelaufen ist …«
»Ich fand euch toll!«, sagte Joana sofort. »Wenn ihr Lara-Sophie vorhin nicht erwischt hättet, würde sie womöglich immer noch mit ihren Attacken auf mich weitermachen!«
»Okay«, sagte Marie. »Das kann sein!« Sie sah zu Kim und Franzi hinüber. »Der Fall ist für uns aber noch nicht abgeschlossen. Wir müssen noch mal zurück zur *FanCon*.«

Joana seufzte. »Aber passt auf euch auf!«
»Machen wir«, sagte Kim. Dann sah sie auf ihre Uhr. »Wir müssen uns beeilen, die Messe schließt in einer Stunde!«
Die drei !!! verabschiedeten sich und rannten los.
Als sie den Kinokomplex fast erreicht hatten, blieb Kim stehen. »Wartet!«, keuchte sie.
Marie und Franzi hielten ebenfalls an. »Was ist?«, wollte Franzi wissen. »Sag nicht, du kannst nicht mehr! Wir sind gleich da!«
»Quatsch!«, sagte Kim. »Mir ist nur eben eingefallen, dass wir uns tarnen müssen.«
Franzi schlug sich vor die Stirn. »Klar! Wenn die Typen am Stand sein sollten, erkennen die uns in unseren Elfenkostümen sofort!«
»Dann kaufen wir uns eben gleich ein paar Masken und Umhänge«, sagte Marie. »Es gibt ja genug von den Sachen auf der Messe.« Sie winkte ungeduldig. »Kommt!«
Franzi schüttelte den Kopf.
»Was ist denn jetzt schon wieder?«, rief Marie. »Wir müssen da rein, die schließen bald!«
»Ich brauche dringend unseren Powerspruch!«, stellte Franzi fest. »So viel Zeit muss sein.«
Kim nickte. »Richtig! Wir brauchen eine Extraportion Energie! Es ist schon so viel passiert, und wir wissen nicht, was noch auf uns zukommt.«
Marie war sofort einverstanden.
Die drei Mädchen stellten sich eng zusammen und legten ihre Hände aufeinander. Dann sagten sie feierlich: »Die drei !!!«
Kim flüsterte: »Eins!«
Franzis folgte mit: »Zwei!«

Marie rief: »Drei!«
Schließlich rissen sie die Arme in die Höhe und sagten alle zusammen: »POWER!!!«
Eine angenehme warme Energiewelle durchflutete Maries Körper. Sie fühlte sich leicht, frei und stark. »Es ist immer wieder ein kleines Wunder«, sagte sie leise.

Zehn Minuten später liefen die drei !!! mit schwarzen Augenmasken und langen, schwarzen Umhängen ausgestattet durch Gang drei im großen Saal.
Marie zupfte an ihrer Maske. »Schön ist anders!«
»Das ist doch jetzt völlig egal«, sagte Franzi. »Wir wollen keinen Kostüm-Contest gewinnen, sondern ein paar Verbrechern das Handwerk legen!«
Marie seufzte. »Ich hätte trotzdem lieber die Masken mit den Glitzersteinchen gehabt!«
»Viel zu teuer«, antwortete Kim knapp.
»Achtung!«, zischte Franzi. »Wir kommen gleich zu dem Stand. Ich sehe die Wand mit den Buchhüllen.«
Marie sah nach vorn. Auf der rechten Seite lag ein großer Stand, dessen Front- und Seitenwände in einem grellen Pink leuchteten. Kisten mit Büchern, Plüschtieren und Filmplakatrollen standen auf einem Verkaufstisch, weitere Kartons mit Büchern und Maskottchen stapelten sich überall auf dem Boden. Es war ziemlich unübersichtlich. Dennoch herrschte reges Treiben an dem Stand.
Kim runzelte die Stirn. »Ich glaube, die Leute machen lauter Panikkäufe, weil die Messe gleich zu Ende ist.«
Als die drei !!! den Stand erreicht hatten, drängte sich ein Mann an Marie vorbei. Er griff in einen der Kartons, die unter dem

Tresen standen und nur schwer zugänglich waren. Hastig zog er ein Plüsch-Maskottchen hervor.
Marie nickte Kim zu. »Du hast recht! Die sind alle völlig hektisch. Als könnte man die Sachen später nicht auch woanders kaufen.«
»Solche Buchhüllen habe ich sonst aber tatsächlich nirgendwo gesehen«, sagte Kim. Sie deutete auf die Wand. »Die sehen echt toll aus!«
Eine Frau mit langem Kaftan und hochtoupierten roten Haaren kam auf Kim zu. »Du interessierst dich für unsere magischen Hüllen?«
»Ähm«, machte Kim. »Ja, also, die sind wunderschön.«
»Ich mache dir einen Sonderpreis«, rief die Frau. »Dreißig Euro!«
Kim schluckte. »So viel?«
Die Frau sah Kim streng an. »Handarbeit hat ihren Preis! Das sind alles Einzelstücke. Jedes wurde mit Liebe bestickt. Damit kannst du dein dickes Fantasybuch überall mit hinnehmen und es ist immer geschützt!« Sie strich über eine Hülle, die mit bunten Kreisen verziert war. »Der Look ist einzigartig! Gestickte Muster sind total in.«
Kim antwortete etwas, aber Marie hörte nicht mehr zu. Eben hatte sich wieder ein Mann an ihr vorbeigedrängt und sich über den Karton mit den Plüschtieren gebeugt. Marie beobachtete, wie er ein Maskottchen herauszog und gleichzeitig etwas aus seiner Hosentasche holte. Eine Frau mit einem kleinen Jungen an der Hand drängte sich zwischen Marie und dem Stand vorbei. Sie konnte den Mann einen Moment lang nicht mehr sehen. Als die Frau vorbei war, war auch der Mann verschwunden. Marie runzelte die Stirn.

Franzi stieß ihr den Ellenbogen in die Seite. »Hast du den Mann gesehen? Der war merkwürdig.«
Marie nickte abwesend. Gerade griff eine Frau, die ein schwarzes flatterndes Kleid und eine Perücke mit langen giftgrünen Haaren trug, in die gleiche Kiste mit Plüschtieren. Sie tastete kurz, zog ein Maskottchen heraus und drehte es um. Dann holte sie einen Geldbeutel unter ihrem Gewand hervor.
Marie riss die Augen auf. Die Frau steckte den Geldbeutel in das Plüschtier hinein. Es musste eine Öffnung haben, die nicht sofort zu sehen war.
Kim stieß zu ihnen. »Meine Güte«, seufzte sie. »Die Standbesitzerin ist echt nervig. Ich finde diese bestickten Buchhüllen ja schön. Aber so viel Geld würde ich dafür nicht bezahlen!«
Marie packte Kim am Arm. »Irgendwas Seltsames geht hier vor sich.«
Kim sah sie alarmiert an.
Im nächsten Moment kamen zwei Männer, die nicht verkleidet waren, zum Stand. Auch sie steuerten zielstrebig den Karton mit den Maskottchen an. Einer der Männer griff sich zwei Plüschfiguren und reichte eine davon dem anderen Mann. Sie sahen sich die Maskottchen kurz an. Dann zog der eine Mann zwei Smartphones aus seiner Hosentasche und ließ sie in dem Plüschtier verschwinden. Der andere steckte eine rosafarbene Geldbörse in das grüne Maskottchen in seiner Hand.
Blitzschnell warfen die Männer die Plüschfiguren zurück in den Karton, schoben ihn ein Stück weiter unter den Tisch und eilten fort.
Marie zog Kim und Franzi vom Stand weg. Verborgen hinter der Deko-Wand des Nachbarstandes sagte sie: »Leute, wisst ihr, was ich glaube?«

Franzi nickte. »Die verstecken hier Diebesbeute!«

»Genau«, sagte Marie. »Der Stand dient als Bunker für die Handys und Geldbeutel, die Taschendiebe den Besuchern auf der Messe klauen!«

Kim lugte hinüber zum Stand. »Was machen wir jetzt?«

Sticken mit der Superschlaufe

Tolle Muster sticken mit der Superschlaufe! Mit diesem Stich kannst du Umrisse sticken, Flächen ausfüllen und dekorative kleine Blumen zaubern! Damit kannst du T-Shirts aufpeppen oder Stofftaschen und Kissen verzieren!

DU BRAUCHST ...

- Sticknadel mit Spitze (Größe 22)
- Baumwoll-Stickgarn in deinen Lieblingsfarben
- Stoff, den du besticken willst

Schlaufenstich

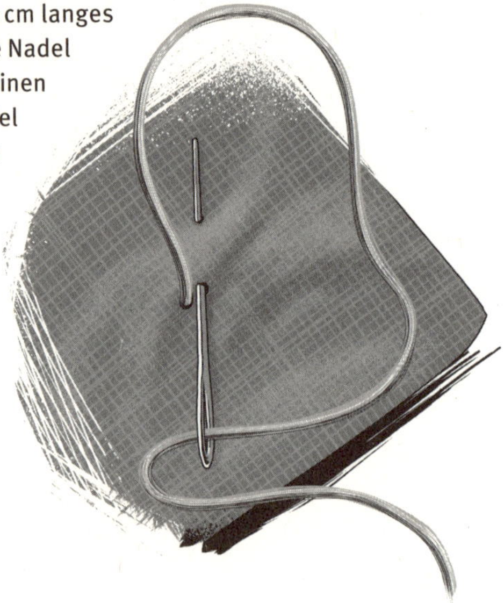

1 Fädle ein ca. 40 cm langes Stück Stickgarn in die Nadel und mache am Ende einen Knoten. Stich die Nadel dann von unten durch den Stoff und ziehe, bis der Knoten auf der Rückseite aufsitzt. Jetzt stichst du von oben in dieselbe Stelle, aus der der Faden herauskommt, und ca. 5 mm davon entfernt wieder hoch.

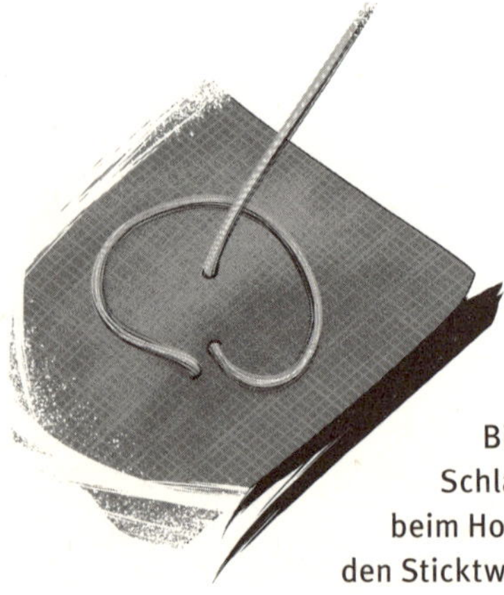

Bilde dabei mit dem Faden eine Schlaufe, durch die du die Nadel beim Hochkommen führst und dabei den Sticktwist durch die Schlaufe ziehst.

2 Zieh die Schlaufe locker fest.

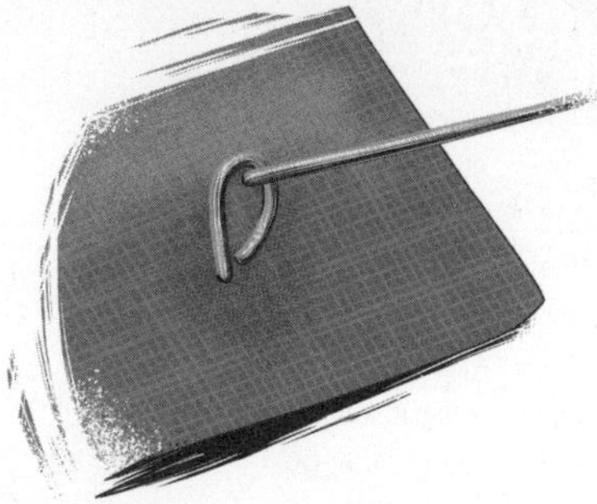

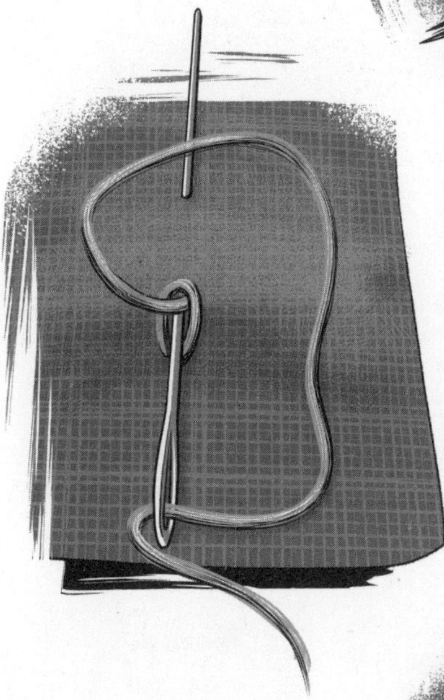

3 Jetzt stichst du die Nadel knapp am oberen Schlaufenende ein und wieder knapp 5 mm weiter vorn aus. Dabei wieder eine Schlaufe bilden, durch die die Nadel geführt wird.

4 Die Schlaufe locker festziehen – du hast deinen zweiten Schlaufenstich gesetzt!

So kannst du immer weitermachen und stickst ein tolles Schlaufenmuster auf deinen Stoff.

Blütenstich

Mit dem gleichen Stich kannst du ganz leicht kleine Blumen sticken!

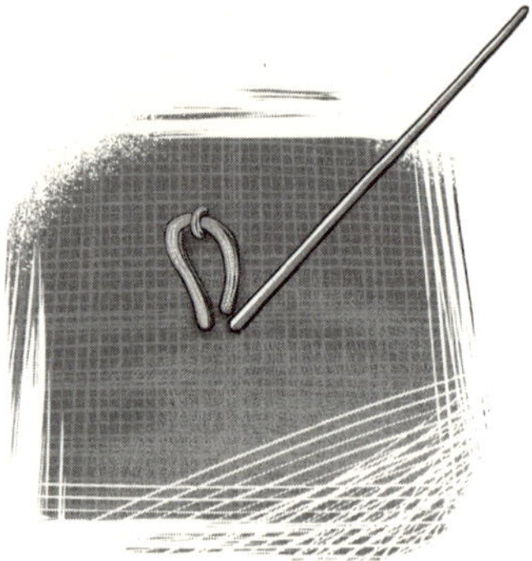

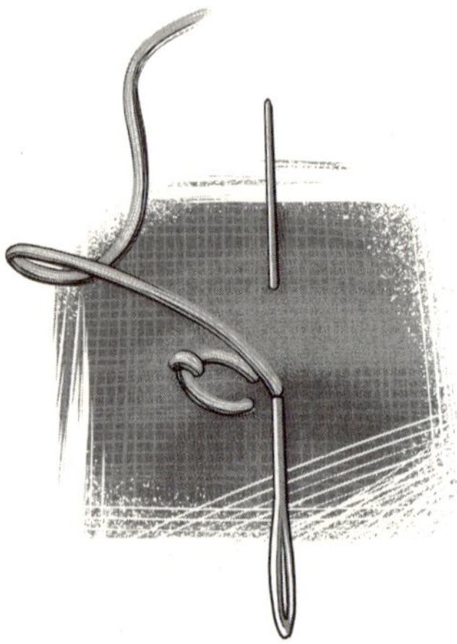

1 Einen Schlaufenstich setzen und die Schlaufe mit einem Stich von oben nach unten fixieren. Jetzt die Nadel von unten nach oben an der ersten Einstichstelle herausführen.

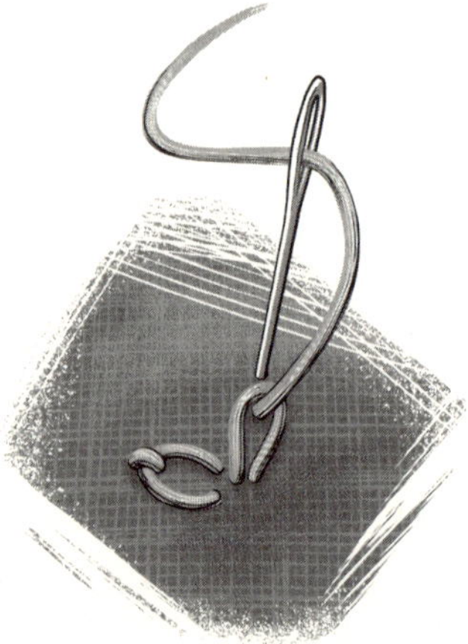

2 Die nächste Schlaufe nun nicht ans Ende der ersten setzen, sondern schräg daneben. Dabei für den Einstich immer den ersten Einstich benutzen.

3 Wenn du das fünf- bis sechsmal machst, hast du kleine Blütenblätter, die zusammen eine Blume ergeben!

Kims Tipp

Mit dem Schlaufenstich kannst du deine einfarbigen Shirts aufpeppen: Nimm dazu ein Stickgarn in einer kräftigen Kontrastfarbe und sticke den Schlaufenstich zum Beispiel einmal unterhalb des Ausschnittes entlang oder verteile gestickte Blümchen überall auf deinem Shirt oder deiner Jeans!

Beste Detektivinnen *ever*!!!

Plötzlich schob Kim aufgeregt ihre Maske hoch. »He! Ich glaube, die packen ein!«
»Was?« Marie blickte über Kims Schulter zum Stand. Tatsächlich hatte die rothaarige Frau damit begonnen, Bücher vom Tisch in eine Kiste zu legen.
Zwei Männer in roten Kapuzenpullis waren dabei, den Karton mit den Maskottchen auszuräumen und den Inhalt auf zwei Taschen zu verteilen.
»Warum lassen die die Plüschtiere nicht in dem Karton?«, murmelte Marie. »Das ist doch unlogisch!« Plötzlich sah sie, dass die Frau kurz unter den Verkaufstresen tastete und ein dickes Buch hervorholte. Während sie zu den beiden Männern lief, klappte sie es mit einer beiläufigen Bewegung schnell auf, fuhr mit der Hand zwischen die Seiten und schlug es wieder zu. Jetzt reichte sie dem einen Mann einen kleinen Gegenstand. Marie kniff die Augen zusammen. Sie glaubte, einen Schlüssel zu erkennen. Die Männer nickten der Frau zu und griffen nach den Taschen. Die Frau sagte etwas. Marie konnte von ihrem Versteck aus nicht viel verstehen. Aber sie meinte, die Worte »Bahnhof«, »halbe Stunde« und »nachkommen« gehört zu haben.
Die Männer nickten erneut und verließen den Stand. Geschickt drängten sie sich zwischen den Menschen durch. Sie kamen erstaunlich schnell voran.
»Hinterher!«, sagte Kim und zog Marie und Franzi mit sich. »Die hauen mit der Beute ab!«

»Oh nein!«, rief Franzi. »Sollen wir Kommissar Peters anrufen?«
»Ohne Handys geht das schlecht«, rief Kim über die Schulter. »Wir müssen einfach an den Typen dranbleiben.«
Sie reckte den Hals und deutete zum Hallenausgang. »Los, schneller! Die sind gleich draußen!« Kim versuchte, sich zwischen zwei Mädchen durchzuschlängeln, die reich verzierte Samtkleider mit weit ausladenden Röcken trugen.
»He!«, rief eines der Mädchen ungehalten. »Jetzt mach doch nicht so eine Hektik!«
Kim hob die Hände. »Entschuldige! Ich muss ganz schnell raus!«
Das Mädchen verdrehte die Augen, aber es machte einen Schritt zur Seite und zog seinen Reifrock näher an sich heran.
Kim murmelte: »Danke!«, und drängte sich vorbei.
Das Mädchen ließ seinen Rock wieder los und er sprang in voller Breite auf.
»Achtung!«, rief Marie. Aber es war bereits zu spät. Franzi, die Kim auf dem Fuße gefolgt war, rannte in den schweren Samtstoff hinein. Ihr Phantomumhang verfing sich in den kunstvoll gerafften Rüschen des Kostüms. Das Mädchen schrie auf und wich zurück.
Marie sprang vor und löste Franzis Umhang gerade noch rechtzeitig von dem Kostüm, bevor ihre Freundin mitgerissen werden konnte.
»Das war knapp!«, murmelte Franzi und raffte ihren Umhang. Sie nickte dem Mädchen entschuldigend zu.
»Kommt endlich!«, rief Kim ungeduldig.
»Habt ihr sie noch alle?«, zischte das Mädchen.

Franzi zuckte bedauernd mit den Schultern. »Tut mir wirklich leid!«, murmelte sie. Dann ließ sie sich von Marie mitziehen.
Die drei Detektivinnen erreichten den Ausgang gerade noch rechtzeitig, um zu sehen, in welche Richtung die Männer sich entfernten.
Sie überquerten den großen Platz vor dem Kino und bogen in die Allee ein, die zum Rathausplatz führte. Kim verlangsamte ihre Schritte. »Wir dürfen nicht zu dicht an sie herankommen, sonst bemerken sie uns noch!«
Marie riss sich im Gehen die Maske vom Gesicht und schlüpfte aus dem Umhang. »Zieht die Sachen aus, wir sind als drei schwarze Phantome viel zu auffällig!« Sie stopfte Umhang und Maske in ihre Tasche.
Franzi und Kim zogen ebenfalls die schwarzen Sachen aus und stopften sie in Kims Rucksack.
Die Männer eilten am großen Einkaufszentrum vorbei und liefen in Richtung der Fußgängerzone. Dort wandten sie sich nach links.
Die drei !!! folgten vorsichtig.
Der Bahnhof kam in Sicht. Die Männer beschleunigten ihre Schritte.
»Was machen wir, wenn die jetzt gleich in einen Zug springen?«, keuchte Kim.
»Auch in den Zug springen!«, sagte Franzi. »Ist doch klar!«
»Sie gehen in den Bahnhof hinein!«, rief Marie.
Die Männer liefen am Zugang, der zu den Gleisen führte, vorbei.
Die drei !!! sahen sich überrascht an.
»Die gehen zu den Schließfächern!«, wisperte Kim.

»Achtung!«, zischte Marie und zog Kim und Franzi hinter einen Fahrkartenautomaten. »Der eine hat eben in unsere Richtung gesehen!« Vorsichtig lugte Marie hinter dem Automaten hervor.
Die Männer standen jetzt vor der Anlage mit den Gepäckschließfächern und blickten sich unauffällig um. Sie warteten, bis eine Frau ihren Koffer aus einem der unteren Schließfächer gezogen hatte und damit weggegangen war. Dann liefen sie zum Ende der Anlage und stellten die Taschen ab. Einer der Männer holte einen Schlüssel hervor und schloss ein großes Fach auf. Als er die Tür öffnete, quollen ihm Tüten und Taschen entgegen. Er stopfte die Sachen energisch zurück und presste die neuen Taschen dazu. Marie sah aus einer der Tüten einen rosafarbenen, plüschigen Krakenarm herauslugen. Sie drehte sich zu Kim und Franzi um. »Die haben da ein ganzes Lager mit Maskottchen!«, flüsterte sie. »Bestimmt sind alle mit Diebesbeute gefüllt!«
»Sie schließen zu!«, sagte Franzi.
»Und jetzt gehen sie wieder weg«, stellte Kim fest.
»Vielleicht gibt es Komplizen, die die Sachen später dort abholen«, mutmaßte Marie. »Los, wir dürfen die Typen nicht aus den Augen verlieren.«
Einer der Männer sah auf seine Armbanduhr. Er sagte etwas zu dem anderen Mann. Dann liefen beide in Richtung des hinteren Hallenbereichs, in dem sich ein Zeitschriftenladen, ein Mini-Supermarkt und eine Kneipe befanden.
Die Männer betraten die Kneipe. Sie waren durch die bis zum Boden gehende Fensterfront gut zu sehen.
»Wir gehen rein und belauschen sie«, sagte Franzi.
Kim biss sich auf die Lippe. »Aber vorher rufen wir Kommissar

Peters an. Langsam wird mir die Sache zu heiß. In dem Schließfach sind Hunderte von Handys und Brieftaschen! Das muss eine große Gruppe organisierter Krimineller sein. Die lassen garantiert nicht mit sich spaßen …«

»Okay«, sagte Franzi. »Du hast recht.« Sie sah sich um. »Passt auf das Schließfach und die Männer auf, ich bin gleich wieder da!«

Marie nickte. Sie nahm die Anlage ins Visier. Aus dem Augenwinkel sah sie, dass Franzi zu einer jungen Frau mit Kinderwagen lief und sie ansprach.

Wenige Minuten später kam Franzi zurück. »Erledigt!« Sie runzelte die Stirn. »Peters hat natürlich gleich wieder losgeschimpft, dass wir ihm jetzt erst Bescheid geben. Wir sollen uns bloß von den Typen fernhalten. Der Kommissar kommt, so schnell es geht, und bringt Verstärkung mit!«

»Alles klar!«, sagte Kim und starrte zu den Männern in der Kneipe. »Sollen wir da jetzt reingehen?«

»Das gibt dann später aber richtigen Ärger mit Peters«, sagte Marie. »Aber was soll's …«

»Da!«, rief Kim halblaut. »Die Frau, die gerade in die Kneipe geht! Das ist doch die vom Stand!«

Marie kniff die Augen zusammen. Tatsächlich war jetzt durch das Fenster eine Frau mit hochtoupierten roten Haaren zu sehen. Sie sprach mit den beiden Männern. Einer stand auf und legte einen Geldschein auf den Tresen.

»Ich glaube, sie gehen!«, sagte Franzi. »Ja. Der zweite Mann ist jetzt auch aufgestanden.«

Kurze Zeit später kam das Trio aus der Kneipe heraus. Einer der Männer fasste in seine Hosentasche und holte den Schließfachschlüssel hervor.

Marie sog scharf die Luft ein. »Die wollen zum Schließfach!« Sie sah sich um. »Wann kommt denn der Kommissar endlich? Wenn die jetzt die Sachen rausholen und damit verschwinden …« Sie biss sich auf die Lippe.

»Wir müssen sie daran hindern!«, rief Franzi. Sie wühlte in ihrer Stofftasche und zog eine kleine Tube heraus.

»Sekundenkleber?«, stellte Marie überrascht fest.

»Noch von der Nähparty«, antwortete Franzi. »Kommt!«

Sie spurteten zu den Schließfächern hinüber. Die beiden Männer und die Frau kamen ebenfalls in diese Richtung.

»Was willst du machen?«, fragte Kim irritiert.

»Pssst.« Franzi zählte die Schließfächer ab. »Es war das dritte von oben in der zweiten Reihe, richtig?«

»Darauf habe ich nicht geachtet«, sagte Kim peinlich berührt.

Marie nickte. »Ja, ich glaube, das war es.«

Kim zupfte an ihrer Lippe. »Die kommen immer näher!«

Franzi zog eine Euromünze aus ihrer Hosentasche und warf sie in den Geldschlitz des benachbarten Schließfaches. Hastig warf sie die Tür zu und zog den Schlüssel ab.

»Stellt euch so hin, dass man mich nicht gleich sieht«, sagte Franzi.

Marie und Kim traten dicht hinter sie. Franzi träufelte eine große Portion Kleber auf den Schlüssel und rammte ihn ins Schlüsselloch des Fachs mit der Beute. Der Schlüssel verkantete.

»Fertig.« Franzi sah zufrieden zu Kim und Marie hoch.

Kim verzog den Mund. »Das ist Sachbeschädigung.«

»Ja, ich weiß«, murmelte Franzi. »Aber ich wollte –« Sie zuckte zusammen. »Sie kommen!«

»Was macht ihr da?«, war eine laute Stimme zu hören.

Die beiden Männer und die Frau rannten das letzte Stück zu den drei !!! herüber. »Das ist mein Schließfach«, sagte einer der Männer. Er hatte sichtlich Mühe, sich zu beherrschen.
Marie sah sich panisch um. Wo blieb der Kommissar?
»Wir, äh –«, stammelte Franzi und ließ die Klebertube unauffällig aus ihrer Hand in die Hosentasche gleiten. Sie sah Marie hilfesuchend an.
Marie räusperte sich. »So was Blödes! Ich habe aus Versehen den Schlüssel unseres Fachs in das daneben gesteckt. Und jetzt klemmt er darin fest. Er geht nicht mehr raus!« Marie zuckte mit den Schultern und lächelte. »Was kann man da denn machen?«
Die Frau schnappte nach Luft. Sie schob Marie unwirsch beiseite. »Wie kann man so blöd sein!«
Marie sah die Frau beleidigt an. »Also, hören Sie mal –«
»Halt die Klappe«, fauchte einer der Männer. Er beugte sich zum Schließfach und rüttelte an dem Schlüssel. Marie sah gespannt zu.
»Verdammt!«, zischte der Mann. »Der sitzt fest.« Er klopfte nervös mit seinem Schlüssel auf das Schließfach.
Marie atmete erleichtert aus. Im selben Moment sah sie, dass Kommissar Peters und vier Polizeibeamte auf sie zukamen. Ihr fiel ein Stein vom Herzen.
»Was machen wir jetzt?«, fragte die Frau.
»Keine Ahnung«, brummte einer der Männer. »Ich brech das Ding einfach auf.«
Maries Erleichterung schlug in Übermut um. »Aber das können Sie doch nicht machen«, flötete sie. »Das wäre vorsätzliche Sachbeschädigung!« Sie winkte Kommissar Peters zu.
Der Mann sprang auf. »Noch so ein kluger Satz von dir und ...«

»Guten Tag!«, unterbrach der Kommissar den Mann. »Darf ich wissen, was hier vor sich geht?«
Die Frau lächelte nervös. »Wir haben ein kleines Problem mit dem Schließfach. Aber das regeln wir schon.«
Marie räusperte sich. »Ich glaube, Sie haben ein etwas größeres Problem!«
»Was soll das heißen?«, fragte die Frau. Sie wechselte einen unsicheren Blick mit ihren Komplizen.
»In diesem Schließfach befinden sich unzählige Handys und Geldbeutel, die in Plüschtieren versteckt sind«, sagte Marie mit ruhiger Stimme. »Sie wurden Besuchern der *FanCon* gestohlen und von Ihren Leuten hierhergebracht!«
»Wie das alles genau verlaufen ist und was genau Sie mit den Sachen vorhatten, wissen wir noch nicht«, ergänzte Kim. »Aber das werden Sie ja der Polizei erzählen.«
Die Frau zuckte zusammen, fing sich aber schnell wieder. »Das ist eine Unverschämtheit!«, rief sie mit hoher Stimme. »Das ist total verrückt!« Sie sah den Kommissar und die Polizeibeamten an. »Sie werden diese Räubergeschichte, die ein paar dumme junge Mädchen erzählen, ja wohl nicht glauben!« Sie nickte ihren beiden Komplizen zu. »Wir gehen jetzt!«
»Das werden Sie nicht tun!«, sagte der Kommissar. Die vier Polizeibeamten traten näher an die Frau und die Männer heran.
Peters räusperte sich. »Jung sind die Mädels, das stimmt. Manchmal auch etwas vorlaut und meistens zu draufgängerisch. Aber eines sind sie gewiss nicht: dumm!« Er sah die Frau ernst an. »Und Sie kommen mit Ihren beiden Begleitern jetzt mit uns aufs Revier!«

Detektivtagebuch von Kim Jülich
Freitag, 16:00 Uhr

Wir haben vorhin unsere Handys bei Kommissar Peters abgeholt. Sie waren in einer der Taschen im Schließfach. Natürlich hat der Kommissar uns mal wieder eine saftige Standpauke gehalten, weil wir zu unvorsichtig waren. Außerdem musste wegen uns ein Schließfach aufgebrochen werden. Das fand er echt grenzwertig und meinte, dass er große Lust dazu hätte, uns die Kosten aufzubrummen (zum Glück hat er das anders geregelt). Meine Mutter würde ausflippen, wenn sie von der Sache hören würde ...
Zum Schluss hat Peters dann aber wieder gelacht. Er hat gesagt, dass es wohl nur Die drei !!! *schaffen, mit der Suche nach einem verschollenen Kleid zu beginnen und mit der Festnahme einer kriminellen Großbande zu enden. Das klingt doch gut, oder?*
Peters hat uns vorhin dann noch alle Details erzählt:
Die Frau vom Stand und die beiden Männer haben alles gestanden. Sie sind die Drahtzieher eines ausgeklügelten Systems von Taschendiebstählen und des anschließenden Verkaufs der Beute, das sie schon seit zwei Jahren betreiben!!! Mindestens zwanzig Leute haben für das Trio geklaut. Immer auf Messen oder anderen Großveranstaltungen haben sie ahnungslosen Menschen das Handy oder den Geldbeutel aus der Tasche gezogen. Der Clou bei ihrer Vorgehensweise war, dass die Diebe ihre Beute immer möglichst schnell loswurden. Sie brachten die Sachen zum Verkaufsstand der Chefin und versteckten sie dort unter dem Tresen in einem Karton mit Plüschtieren, die eine Öffnung hatten. Aus diesem Zwischenversteck wurde das getarnte Diebesgut in kurzen Abständen abgeholt und zu einem Schließfach in einen nahe gelegenen Bahnhof gebracht. Damit ging die Gefahr, dass die Taschendiebe mit ihrer Beute erwischt wurden, gegen null! Nach

dem Ende der Messe wurde das Schließfach dann immer komplett ausgeräumt, und die Bande reiste in die nächste Stadt weiter. Dort vertickten sie die gestohlenen Sachen und bereiteten ihren nächsten Beutezug vor. Den Schlüssel für das Schließfach hat die Frau immer in einem Buch mit Hohlraum versteckt, das in der Nähe des Kartons mit der Beute lag. So konnten die eingeweihten Helfer den Schlüssel auch holen, wenn die Standbesitzerin gerade im Gespräch mit Kunden war und sie nicht so lange warten wollten.
Aber jetzt ist Schluss mit der kriminellen Bande! Peters konnte die Namen aller Mitglieder bei der Frau des Stands herausfinden. Die meisten der Diebe sind schon ausfindig gemacht worden. Es wird eine gewisse Zeit dauern, bis sämtliche Fingerabdrücke auf den Beutegegenständen mit den Abdrücken der Täter abgeglichen wurden und ihnen die Taten nachgewiesen werden können. Aber der Kommissar ist zuversichtlich, dass alle überführt werden können und ihre Strafe erhalten. Drei der Männer müssen sich zusätzlich für den Tatbestand der Freiheitsberaubung verantworten. Sie haben zuerst Joana und Tim und dann auch noch uns drei in einer Hütte eingesperrt. Und das ist nur passiert, weil Tim in einer ziemlich blöden Aktion Sachen an einem Stand geklaut hat! Und zwar ausgerechnet am Stand der Chefin des ganzen Diebes-Clans. UND ausgerechnet das Buch mit dem Hohlraum und eines der Plüschtiere samt Diebesinhalt hat der Junge dabei erwischt. Kann es solche Zufälle überhaupt geben? Offensichtlich: ja!!!
Und jetzt wird es völlig verrückt. Tim ist von seiner Exfreundin bei der Besitzerin des Stands verpfiffen worden. (Sie hat Tim bei seiner Klau-Aktion gesehen, weil sie nämlich die ganze Zeit ihn und seine Freundin Joana bespitzelt hat. Aber das ist noch mal ein ganz spezieller Fall für sich, den ich später ausführlich auf-

schreiben werde. Er birgt nämlich eine ziemlich große menschliche Tragik. Das schaffe ich heute nicht!)
Die Standbesitzerin hat bemerkt, dass Tim das Buch mit dem Schlüssel und wahrscheinlich eines der »Beutetiere« erwischt hat. Sie hat sofort Panik bekommen, dass er die Diebesware findet und Verdacht schöpft oder dass er womöglich mit dem Schlüssel zum Schließfach läuft und nachsieht ... Sie musste die Sachen sofort zurückhaben, damit ihr kriminelles System nicht in Gefahr war. Deshalb hat sie gleich drei Typen auf Tim angesetzt. Die haben ihn auch mit Joana zusammen erwischt. Aber Tim hatte die Sachen nicht mehr. Die waren in Joanas Tasche, die aber wiederum Marie hatte. Und weder Joana noch Tim konnten sich daran erinnern, wo die Tasche abgeblieben war (was für ein Durcheinander!). Auf jeden Fall konnte Tim die geklauten Dinge nicht zurückgeben. Die Typen haben ihm nicht geglaubt, dass er nicht weiß, wo die Sachen sind. Deshalb haben sie ihn mit Joana in der Hütte eingesperrt. Dort wollten sie die beiden eine Weile schmoren lassen, bis sie endlich damit herausrücken würden. Dann kamen auch noch wir und wollten das Pärchen befreien. Die Typen haben auch uns eingesperrt – und dabei das Buch und das Plüschtier bei Marie gefunden. Das war einfach unverschämtes Glück für die Verbrecher ☹.
Die Männer sind danach zu ihrer Chefin gelaufen und haben ihr die Sachen gebracht. Jetzt war das Wichtigste, nämlich der Schließfachschlüssel, wieder da. Uns wollte die Chefin einfach in der Hütte eingesperrt lassen, damit ihre Bande ungestört die letzte Stunde der FanCon *für ihre Beutezüge nutzen konnte. Nach dem Ende der Messe wollten die Verbrecher mit dem Zug in die nächste Stadt flüchten. Aber das konnten wir in letzter Minute verhindern ☺! Zum Glück hat uns Lara-Sophie, Tims Exfreundin,*

rechtzeitig aus dem Schuppen befreien können (auch dazu mehr in meinem Sonderbericht).

Was für ein verrückter Fall!!! Mir schwirrt der Kopf.
Der Bericht zu Lara-Sophie und den menschlichen Abgründen folgt morgen.

Jetzt muss ich los. Marie hat Franzi und mich zu einer privaten Nähparty zu sich nach Hause eingeladen. Wir wollen uns spezielle Handytaschen nähen, um uns gegen möglichen Taschendiebstahl zu schützen. Die Zahl der geklauten Handys, die uns Kommissar Peters genannt hat, war echt erschreckend hoch! Taschendiebstahl ist das am häufigsten vorkommende Delikt! Aber uns zieht keiner das Handy aus der Tasche!
Marie hat mit Tessas Hilfe schon ein Schnittmuster für uns entworfen.
Ich wette, das werden die besten Antidiebstahlhandyhüllen ever! Designed by Die drei!!! – beste Freundinnen und Detektivinnen EVER! ☺☺☺

Handyhülle

Näh dir deine individuell verzierte Handytasche einfach selbst! Und sie hat ein wichtiges Extra für Superdetektivinnen im Großstadtdschungel: eine eingebaute Diebstahlsicherung.

DU BRAUCHST ...

- Filzplatte in deiner Lieblingsfarbe, 3 mm dick
- Lineal und Bleistift
- Schere
- Knopf
- einen Haargummi oder ein dünnes, rundes Gummiband und ...

DU BRAUCHST AUSSERDEM ...

- Stickgarn oder dickes Nähgarn in der gleichen Farbe wie der Filz oder in einer Kontrastfarbe
- passende Näh- oder Sticknadel
- ein Stück Zierband, ca. 1,5 cm breit, 8 cm lang
- zwei Mini-Karabinerhaken (Baumarkt)
- Gliederkette (Meterware Baumarkt) oder schmales Gurtband, ca. 40 cm lang
- wenn du magst, Bügelmotive, Stoffband, Perlen, Knöpfe zum Verzieren

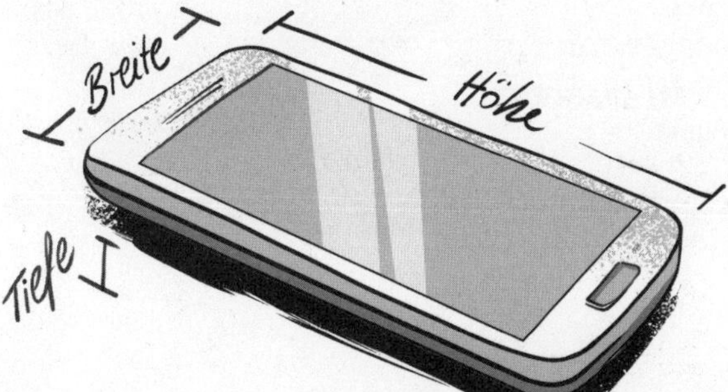

1 Miss die Höhe, Breite und Tiefe des Handys oder Smartphones, für das du die Hülle nähen möchtest. Die Maße des Filzstreifens, den du für deine Handyhülle benötigst, sind dann diese:

Höhe = 2 × Höhe des Handys + Tiefe + 3 cm Zugabe

Breite = Breite des Handys + 2 × Tiefe + 8 mm Zugabe

2 Markiere nun mit Lineal und Bleistift ein Rechteck in diesen Maßen auf der Filzplatte und schneide es aus.

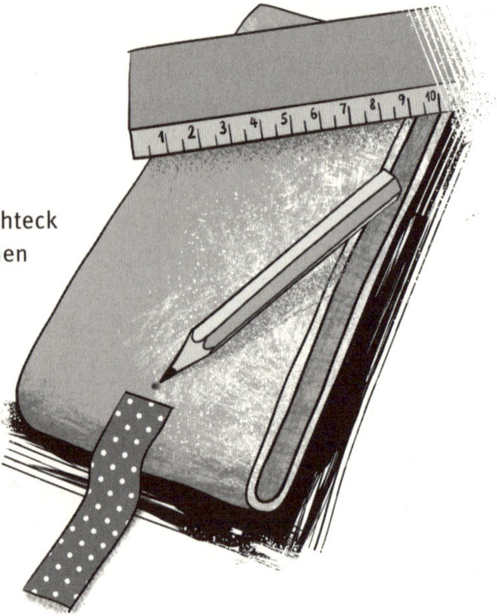

3 Falte das ausgeschnittene Filzrechteck in der Mitte zusammen und markiere auf einer Seite unten, ca. 1,5 cm vom geschlossenen Ende entfernt und genau in der Mitte, einen Punkt.

4 Hier nähst du gleich die Schlaufe aus dem Zierband an. Falte dazu das Band je am Ende 1 cm nach innen und dann mittig nach innen.

5 Dann nähst du die Schlaufe mit dem dicken Nähgarn oder Stickgarn mit mehreren Stichen, die über Kreuz verlaufen, fest. Die Schlaufe soll gut befestigt sein und etwas aushalten! Wenn die Stiche nicht so schön aussehen sollten, kannst du sie später einfach mit einem hübschen Knopf kaschieren, den du draufnähst.

6 Jetzt kommt der Verschluss: Miss die Länge des Haargummis aus. Ziehe dann 1 cm davon ab und teile die Zahl durch zwei. Dies ist der Abstand vom oberen (offenen) Rand, in dem der Verschlusskopf auf der Vorderseite und der Haargummi auf der Rückseite angenäht werden.
Beispiel: Wenn dein Haargummi 7 cm lang ist, dann werden er und der Knopf jeweils in 3 cm Abstand zum oberen Rand angenäht [(7 – 1) : 2 = 3].

7 Lege das Filzrechteck wieder flach hin. Oben wird der Knopf festgenäht, unten der Haargummi. Wenn du möchtest, kannst du unterhalb des Verschlussknopfes noch Verzierungen anbringen: Bügelbilder, aufgestickte Perlen etc.

Hier ist eine Übersicht über die Lage der angenähten Teile:

Franzis Tipp

Und jetzt kommt der Trick: Wenn du dein Handy gegen Diebstahl sichern möchtest, kannst du einen kleinen Karabinerhaken in der unteren Schlaufe befestigen. Daran kommt eine Kette oder das Gurtband. Diese befestigst du wieder mit einem Karabiner oder einfach mit einer Schlaufe an der Gürtelschlaufe deiner Hose. Jetzt kann dir niemand mehr unbemerkt das Handy aus der Hosentasche ziehen!

8 Klappe den Filzstreifen wieder mittig zusammen. Du kannst jetzt schon den Gummi von hinten nach vorn über den Knopf ziehen – mit diesem Verschluss kann dein Handy später nicht aus der Hülle rutschen. Jetzt näh die rechte und die linke Seite mit dem Stickgarn oder dickem Nähgarn zusammen. Auch hier kommt wieder der Schlingstich von S. 54 und 55 zum Einsatz! Setze die Stiche im Abstand von ca. 5 mm nebeneinander und 4–5 mm vom Rand entfernt.

Wenn du einen Faden in der Farbe des Filzes verwendest, fällt es nicht so auf, wenn mancher Stich vielleicht nicht ganz genau geworden ist.

Die drei !!!

DIY-Anleitungen

Für alle Anleitungen aus diesem Buch kannst du Dinge verwenden, die du bereits zu Hause hast. Vielleicht gibt es aber ein paar Sachen, die du kaufen musst. Du findest sie im Bastelgeschäft in deinem Wohnort. Gibt es keines in deiner Nähe, wirst du ganz bestimmt im Internet fündig.

Bevor du ein altes Buch, Bettbezüge oder ein T-Shirt verwendest, um daraus etwas zu basteln, frag unbedingt deine Eltern und Geschwister, ob du es wirklich verwenden darfst. Frag auch um Hilfe, wenn du Unterstützung beim Umgang mit der Nähmaschine oder beim Ausschneiden benötigst.

Glossar

Vielleicht begegnen dir in den Anleitungen Begriffe, die du noch nicht kennst:

SCHNEIDERKREIDE: Kreide, die zum Markieren von Schnittmustern auf Stoff benutzt wird. Sie lässt sich gut auswaschen.

JERSEY: Jersey ist ein weicher, oft elastischer Stoff. Er wird hauptsächlich zum Nähen von Kleidung, zum Beispiel T-Shirts, verwendet.

STICKTWIST: ein anderes Wort für Stickgarn

UMSÄUMEN: Der Saum ist die untere Kante des Stoffes. Damit der Stoff und dein Genähtes eine gerade Kante haben, wird er umsäumt. Dazu wird der Stoff einmal umgeschlagen, die Kante glatt gebügelt und dann wird der Saum festgenäht.

VERSÄUBERN: den Stoff mit Stichen einfassen, sodass er nicht ausfranst